博雅文叢

唐宋詞啟蒙

李霽野 著

出版說明

「博雅教育」，英文稱為General Education，又譯作「通識教育」。

甚麼是「通識教育」呢？依「維基百科」的「通識教育」條目所說：「其一是通才教育；其二是指全人格教育。通識教育作為近代開始普及的一門學科，其概念可上溯至先秦時代的六藝教育思想，在西方則可追溯到古希臘時期的博雅教育意念。」歐美國家的大學早就開設此門學科。

在兩岸三地，「通識教育」則是一門較新的學科，涉及的又是跨學科的知識。概而言之，乃是有關人文、社科，甚至理工科、新媒體、人工智能等未來科學的多方面的古今中外的舊常識、新知識的普及化介紹，等等。因而，學界歷來對其「定義」抱有各種歧見。依台灣學者江宜樺教授在「通識教育系列座談（一）會議記錄」（二零零三年二月）所指陳，暫時可歸納為以下幾種：

一、通識就是如（美國）哥倫比亞大學、哈佛大學所認定的Liberal Arts。

二、如芝加哥大學認為：通識應該全部讀經典。

三、要求學生不只接觸 Liberal Arts，也要人文社會科學學生接觸一些理工、自然科學學科；理工、自然科學學生接觸一些人文社會學，這是目前最普遍的作法。

四、認為通識教育是全人教育、終身學習。

五、傾向生活性、實用性、娛樂性課程。好比寶石鑑定、插花、茶道。

六、以講座方式進行通識課程。（從略）

近十年來，香港的大專院校開設「通識教育」學科，列為大學教育體系中必要的一環，因應於此，香港的高中教育課程已納入「通識教育」。自二零一二年開始的第一屆香港中學文憑考試，通識教育科被列入四大必修科目之一，考生入讀大學必須至少考取最低門檻的「第二級」的成績。在可預見的將來，在高中教育課程中，通識教育的份量將會越來越重。

在互聯網技術蓬勃發展的大數據時代，搜索功能的巨大擴展使得手機、網絡閱讀、搜索成為最常使用的獲取知識的手段，但網上資訊氾濫，良莠不分，所提供的內容知識未經嚴格編審，有許多望文生義、張冠李戴及不嚴謹的錯誤資料，謬種流傳，誤人子弟，造成一種偽知識的「快餐式」文化。這種情況令人擔心。面對着人工智能技術的迅猛發展所導致的對傳統優秀文化內容傳教之退化，如何能繼續將中國文化的人文精神薪火傳承？培育讀書習慣不啻是最好的一種文化訓練。

有感於此，我們認為應該及時為香港教育的這一未來發展趨勢做一套有益於中、大學生的「通識教育」叢書，針對學生或自學者知識過於狹窄、為應試而學習的不良傾向去編選一套「博雅文叢」。錢穆先生曾主張：要讀經典。他在一次演講中還指出：「此時的讀書，是各人自願的，不必硬求記得，也不為應考試，亦不是為着做學問專家或是寫博士論文，這是極輕鬆自由的，正如孔子所言：『默而識之』便得。」我們希望這套叢書能藉此向香港的莘莘學子們提倡深度閱讀，擴大文史知識，博學強聞，以春風化雨、潤物無聲的形式為求學青年培育人文知識的養份。

本編委會從上述六個有關通識教育的範疇中，以第一條作為選擇的方向，以第二條的芝加哥大學認定的「通識應該全部讀經典」作為本文叢的推廣形式，換言之，就是為初中、高中及大專院校的學生而選取的，讀者層面也兼顧自學青年及想繼續進修的社會人士，向他們推薦人文學科的經典之作，以便高中生未雨綢繆，入讀大學後可順利與通識教育科目接軌。

這套文叢將邀請在香港教學第一線的老師、相關專家及學者，組成編輯委員會，分類包括中外古今的文學、藝術等人文學科，而且邀請了一批受過學術訓練的中、大學老師為每本書撰寫「導讀」及做一些補註。雖作為學生的課餘閱讀之作，但期冀能以此薰陶、培育、提高學生的人文素養，全面發展，同時，也可作為成年人終身學習、補充新舊知識的有益讀物。

本叢書多是一代大家的經典著作，在還屬於手抄的著述年代裏，每個字都是經過作者精琢細磨之後所揀選的。為尊重作者寫作習慣和遣詞風格、尊重語言文字自身發展流變的規律，給讀者們提供一種可靠的版本，本叢書對於已經經典化的作品不進行現代漢語的規範化處理，提請讀者特別注意。

「博雅文叢」編輯委員會

二零一九年四月修訂

目錄

宋詞

導讀

不讀詞，無以味

詞之所以別於詩者，不僅在外形之句調韻律，而尤在內質之情味意境[1]。

繆鉞〈論詞〉

詞的發展猶如一部情史，因其蘊藏的情味素來甚濃，起初只寄男歡女愛之情，後來逐漸添藏了文人墨客的心志，即一些「價值」和「理想」，到李煜時，更滿載家國情懷。當然，中國無數詩詞本來就不乏情味。情，是我們讀詩詞等韻文時的重要元素，學者們提到的抒情傳統，即是「肯定生命價值之在於個人具體的『心境』」[2]，可見讀懂人情是何等重要。詩詞是文人對世界感知而成的結晶，讀者則藉詞句理解塵世紛繁的人情世故，感受當中的冷暖。自孔子說「不學詩，無以言」

時，韻文就承擔着教化的作用，詞自然同樣如此，而教人嘗試感受和理解各樣情味，恐怕讀詞會更為有效。李霽野教授於〈開場白〉明言，編撰這部《唐宋詞啟蒙》是為了「娛妻課子」，「課子」二字正點出詞與詩同具教化作用，而本書不乏借詞啟蒙讀者學習人情世故之舉，比如説讀陸游《釵頭鳳》，要理解當中的傷感，就先得知悉陸游的婚姻悲劇，若未經情事者，恐怕一時讀得摸不着頭，到理解當中的來龍去脈後，卻又對人間情味多添一分體會，故可云：「不讀詞，無以味。」

情，是欣賞作品的一個很重要的切入點，亦是一種抽象和難以直接教人知曉的東西，要理解一種情感的流露，往往要連帶認識背後許多不同的背景資料和典故。情愛故事下的相戀單思，漂泊流離的失意孤獨，國破家亡的憂鬱傷痛，以至山水之間的閒適，人生包含的萬千情味，我們未必皆可經歷，例如書中説到賀鑄詞中的愁情，就以「學校作業太難太多，考試看不清意思，答不上來，你們都會愁眉不展」作類比，嘗試以現代人尋常生活中的愁悶理解古人的愁思，可見有時要明白他人的感受，殊不容易。然而，通過閱讀作品，配合解説，或多或少，或直接或委婉地，仍可領略到濃縮於字裏行間的情意，嚐到當中的一點滋味，包括讀到「是離愁，別是一番滋味在心頭」時，那種不容易説明的「滋味」。身處和平時代的我們讀過作品，了解到李煜的處境，縱使未曾經歷亡國之痛，但仍可從中對世間人情獲得啟蒙，學會理解作者的處境，進而懂得理解別人的感受，日積月累，將感受到的情懷內化在自身的情意品德上，建立同情心、同理心。正如書中提到楊萬里的《昭君怨》時，說「中國古書中有故事寫到，人若持友好態度，沒有損害的意圖，可以感動鳥類如鷗，與人為伴」，就是提醒人們修身進德的事。古人常說的修身，讀詩詞委實有這樣的作用，莫怪乎說有「課子」之用，而我們亦有幸從閱讀中受教。

我們大可將《唐宋詞啟蒙》看作一部家教之書，恰如父母打開繪本教導孩子認識世界人情物事之類的書籍。這類書籍不如學術書籍般艱深，卻依然蘊藏豐贍，初學者較容易進入當中的內容，尤其李霽野教授於書中經常用第二人稱，儼如跟孩子，也即是跟讀者交談，一路讀來彷彿正在聽他講課，獲取豐富的資訊和知識。這本書正是這樣說詞的。

本書不僅為讀者解說詞句的情味，李霽野教授於書中既介紹詞人的生平，解讀詞句時，又言簡意賅地交代與詞句相關的資料，結合他的生活經歷，即使不諳人情世故的讀者，也可理解作品蘊藏的情意，並豐富自己的識見。譬如書中介紹孫光憲的《風流子》時，就因內容涉及槿和菰，便順道為讀者講解槿樹、菰菜的特性和作用；說及蘇軾那首膾炙人口的《水調歌頭》，他提到「千里共嬋娟」時說：「宋人相信，中秋各地天氣相同，不論在甚麼地方，都能共賞明月。」這是中學教科書內鮮會提供的解說，他卻以古人對季節天氣的認知，助讀者進一步理解詞句背後的人情和文化。到之後一首《浣溪沙》，更明言：「這首詞寫煮蠶收麥，是罕見的，所以生僻的字雖多，我還是選給你們一讀。」借詞讓遠離農耕生活的現代人認識他們未曾接觸的生活，原意大概正是跟解說陸游的一首《漁父》相同——「意在使你們喜歡多接近大自然，培養多方面的樂趣」，而提到「煮蠶收莊稼我都多次見到過，比你們讀起來，覺得親切多了」，則婉轉地提醒我們生活經驗如何有助理解作品。

《唐宋詞啟蒙》還有借彼詩詞說此詞句的特點，一種古人為文本下註疏作解說時常會用到的方法。我們要是翻查辭典，往往會借一個同義詞來解釋一個字詞的意思，說一個字的讀音時，則借一個同音字來讓人認識該字的讀音，也促使自己認多一字半詞。比如說及歐陽炯一首《南鄉子》，就王維《紅豆》中的「此物最相思」解「收紅豆」一句；讀范仲淹《御街行》，闡釋「眉間心上，無計相迴避」時，則以李清照《一翦梅》那句「才下眉頭，卻上心頭」對照。我們不難在書中讀到很多類似的例子，如此一來，認識一首詞時，又順便知悉了另一首詩詞的內容，大概人的情感總有些重疊或共通之處，能理解某一首作品裏的情懷，即可明白另一位作者所表達的類似感受。

通過閱讀每首詞的解説，我們釐清詞中的內容、情感和牽涉的背景資料，提升了欣賞能力。故此，書中收錄的詞作並不只有那些早已耳熟能詳的佳詞妙句，還有一些讀起來不怎麼樣的詞作，好像賀鑄《憶秦娥》，短短五句解説，並未多闡釋詞句，反而提到：「離愁的情景本來千變萬化，所以詞中反覆寫得很多，當然不能首首都寫得出色。」作品當然會有高下之分，李霽野教授直言：「選讀的詩詞，也不是篇篇都是珠玉。」你或許會問為甚麼不只選錄佳作？但對初學者而言，在作品互相比較下，學習鑑判作品出色和俗套之處，是一場很好的練習。本來此書就是為啟蒙讀者而編寫的，最終理想是讀者在欣賞文學作品方面有所得着，所以還提到「文學聯想可以提高並豐富文學欣賞能力」，給讀者文學賞析的一些竅門，「欣賞能力也要經驗深化多樣，才可以逐步提高」，勉勵讀者累積生活和賞析的經驗，會發現對作品的理解、觀感便可更上一層樓。

而這本無時無刻都在啟迪讀者的書，按詞人生平時序編選作品，讀者閱讀時能明確感受到唐宋之間詞人填詞風格的轉變，可説是一部小小的詞史。詞的內容隨時代變遷，作者處於怎樣的境況，便有怎樣的作品，由李煜到文天祥，兩個經歷國破家亡的詞人之間，寄託的情懷波瀾起伏，配合各詞寫作的背景資料及解說，讀來像穿梭唐宋，更深刻地去認識生活於那個時代的人。說到底，我們閱讀文學作品，每每可從自身生活的經驗去理解前人，亦以前人的生活經驗豐富自身，進而有助體味尚未遇見的生活，讓作品與讀者之間互相連繫，有所共鳴。誠如不時以生活經歷解說作品的李霽野教授提到的：「生活不僅是文藝創作的源泉，也是文藝欣賞的源泉，希望你們牢牢記住。」

李家豪

註釋：

[1] 見〈論詞〉，參繆鉞：《詩詞散論》（上海：上海古籍出版社，一九八二年），頁五四。

[2] 高友工〈文學研究的美學問題：美感經驗的定義與結構〉，載《中外文學》第七卷，第十二期（一九七九年五月），頁四四。

李家豪，筆名葮呺。香港中文大學文學碩士，曾入選文學院「院長嘉許名單」（二零一二）。火苗文學工作室成員。文章散見報刊雜誌。

開場白

正輝、正虹、正霞[1]：

在《唐人絕句啓蒙·開場白》中，我對你們說過，在抗日戰爭期間，為娛妻課子，我曾抄錄過一些唐詩宋詞，以後沒有用上，抄本也在「文革」中丟失了。年老離休以後，我又瀏覽中國古典詩詞，有些似乎是老友重逢，便起了為你們選講一些的念頭，選出一本《唐人絕句啓蒙》，開明出版社印行了，居然還有不少青少年讀者購讀，感到很欣慰，就着手選《唐宋詞啓蒙》。先同樣簡單講一講。

我對詞並無專門的研究，鑒賞的能力也不高，選的未必精當，你們可就喜者熟讀，不喜者就作為過眼雲煙放過去吧。我絕對不用考試的辦法，使你們死記硬背，因為讀書應當是一種輕鬆愉快的享受，讀詩詞尤其應當如此。

詞是詩的另外一種文體，內容也很有不同之處。詩在傳統的教育中，早就佔有一定的地位，詞是否為青少年的適宜讀物，看法也不盡一致。因為詞的抒情成份多；

所抒寫的又多為愛情，不免有些冶艷作品，格調是不高的，當然可以不讀這些。

詞是音樂性很強的，廣泛傳播要靠歌唱，而歌唱的主角是歌伎。她們是能歌善舞、文化修養較高的人，多為詞人抒寫愛情的對象。這就需要為你們解釋一下了。

在封建王朝統治下，婦女是沒有社會地位的，根本談不上甚麼平等，以歌舞為生的歌伎，主要只供有權有勢有錢的人享樂。但她們也是有感情的人，同詞人相知相愛，也是很自然的事。從這種有時代局限的源泉產生的藝術性很高的作品，當然還可以閱讀。

何況文學總脱不開時代的影響，詞的題材逐漸擴大，不僅涉及人生的閒情雅趣，也觸到國計民生，產生了不少很好的作品。經過唐、五代的發展，到了兩宋，詞的創作達到了空前的繁榮。許多詞人表現了不同風格，形成了不同流派，更顯出詞的豐富多彩。許多年來詞被人欣賞傳誦，是很自然的。時代不同了，詞產生發展的背景變易了，時光老人是最可靠的批評鑒賞家，經過淘汰，金和沙比較容易識別了。若是你們讀這本小書，發現金多，請你們感謝時光老人和詞的作者；若是發現沙多，就請原諒我浪費了你們的黃金時光。

一九九一年六月十二日

註釋

1 正輝、正虹、正霞是作者的孫兒女。——編者註

唐五代詞

敦煌曲子詞

菩薩蠻

枕前發盡千般願，要休且待青山爛。水面上秤錘浮，直待黃河徹底枯。　白日參辰現，北斗回南面。休即未能休，且待三更見日頭。

休，罷休，斷絕恩愛。秤錘，即秤砣。參辰，即參商，二星永遠不能同時出現。北斗七星，俗名勺子星，在天空西北方，不會轉到南面。三更見日頭也絕無可能。總之，要斷絕恩愛，必須所說的不可能的事情出現才行。漢樂府有一首《上邪》：「上邪（天哪）！我欲與君相知，長命無絕衰。山無陵，江水為竭，冬雷震震，夏雨雪，天地合，乃敢與君絕！」其情調與此詞相似。「直待」「且待」都是襯字。

望江南

天上月，遙望似一團銀。夜久更闌風漸緊，為奴吹散月邊雲，照見負心人。

天上月圓，望月引起感慨。夜久更闌是夜已經深了，因風又引起了幻想：希望風吹散蔽月的浮雲，讓月照到負心人，喚醒他的良心。「似」是襯字。

拋球樂

珠淚紛紛濕綺羅，少年公子負恩多。當初姊妹分明道：莫把真心過與他。子細思量着，淡薄知聞解好麼？

綺，精細的綾；羅，面上有稀小的孔；綾羅都是絲織品；綺羅是華麗的衣服。「過與」，付與的意思。淡薄知聞，薄情的相知人；解好麼，懂得我的好心嗎？「他」在此處讀拖 tuō。

鵲踏枝

叵耐靈鵲多瞞語，送喜何曾有憑據？幾度飛來活捉取，鎖上金籠休共語。
比擬好心來送喜，誰知鎖我在金籠裏，願他征夫早歸來，騰身卻放我向青雲裏。

叵耐，不可耐，有可惡意。靈鵲，即喜鵲，一般人迷信喜鵲鳴叫是喜兆。「瞞」或作「謾」，瞞語，謊話。因為送喜無憑，把牠活捉住，鎖在金籠裏面，不再聽牠的話了。以下幾句是假設喜鵲所説的話：本來是準備（比擬）好心好意來送喜訊的，誰知道卻把我鎖到金籠裏面了。但願（或作「欲」）她的征夫早早回來，兩人一高興，起身放我飛到青雲裏去。「在」「卻」「向」都是襯字。

李白（七零一—七六二）

生於安西都護府的碎葉城，後遷居四川。天寶初到長安，賀知章薦於唐玄宗，待詔翰林，不久賜金還里，漫遊多地。永王李璘聘白為幕僚，李璘兵敗受累，被流放夜郎，中途遇赦，後卒於當塗（在今安徽）。白以詩名，人稱「詩仙」。他的詞雖不多，但下面兩詞，卻被人稱為「百代詞曲之祖」。

菩薩蠻

平林漠漠煙如織，寒山一帶傷心碧。暝色入高樓，有人樓上愁。　玉階空佇立。宿鳥歸飛急。何處是歸程？長亭更短亭。

平林漠漠，從遠處看，平地上的林木廣闊無邊。煙如織，煙霧瀰漫，彷彿織成了一片。寒山，指冷落寂靜的山；一帶，一條；碧，綠玉。傷心碧，極言冷落的山雖色如碧玉，無比華美，但更增加人的傷感。暝色，黃昏之色。有人的人，指懷念征夫的女子。玉階，白石台階。佇立，久立。宿鳥，指回巢的鳥。長亭、短亭，即「十里一長亭，五里一短亭」，都是大路上行人休息的地方。詞的前片寫女子在樓上看望山林發愁，後片寫女子久立在台階上，見鳥歸林，想像征夫也在征途中，而又不知究在何處。長亭短亭很多，可知路途邈遠，愁的情緒更加重了。

憶秦娥

簫聲咽，秦娥夢斷秦樓月。秦樓月，年年柳色，灞陵傷別。　樂遊原上清秋節，咸陽古道音塵絕。音塵絕，西風殘照，漢家陵闕。

咽，悲涼。關於秦娥，我可以給你們講個故事。秦穆公時，有個蕭史善吹簫，吹時孔雀、白鶴都來聽。穆公的女兒弄玉很喜歡簫聲，父親便把女兒嫁給他了。蕭史幾年中每天教弄玉吹簫學鳳聲，學得很像了，居然引來鳳凰。夫婦終於成仙，乘鳳凰飛走了。秦娥這裏泛指秦地（今陝西一帶地方）的女子。娥原有美人的意思。一說秦娥指弄玉。

灞陵，漢文帝陵，附近有灞橋，唐人折柳送別的地方，在長安東。我遊過灞陵舊址，還折柳送贈想像中的友人，所以讀這首詞覺得特別親切。樂遊原，舊址在西安南。清秋節，即重陽節，唐人常在這個節日登樂遊原遊覽。咸陽曾經做過秦朝的京城，今屬陝西省。音塵絕，是既無人聲也無遊人蹤跡。末兩句寫現在只有西風吹着，落日照着漢家的陵墓和宮殿了。唐時還有漢代宮殿存在，但這裏是借漢喻唐，全詞有懷古傷今的意味。

張志和（約七三二—七七四）

婺州金華（今浙江金華）人，隱居江湖，自稱「煙波釣徒」。善歌詞，並能書畫。

漁歌子

西塞山前白鷺飛，桃花流水鱖魚肥。青箬笠，綠蓑衣，斜風細雨不須歸。

西塞山，在浙江吳興縣西。桃花流水，桃花盛開季節汛期的水，稱桃花水。鱖（讀guì）魚，鱗細嘴大，黃褐色。青箬笠，箬是竹的一種，箬笠是用箬竹葉或篾編成的斗笠。蓑衣，用草或棕編織的雨衣。在南方，漁父或農夫在雨天，總戴斗笠、穿蓑衣，在北方看不到。短短的一首詞將江南春色和漁翁形象描寫得鮮明閒適。

韋應物（七三七—七九二）

長安（今陝西西安）人。曾任滁州、江州、蘇州刺史，被人稱為韋蘇州。他是唐代有名詩人之一，詞只存留幾首。

調笑令

河漢，河漢，曉掛秋城漫漫。愁人起望相思。江南塞北別離。離別，離別，河漢雖同路絕。

河漢，即天河。天快亮時，模糊不清（漫漫）懸在秋城上空。愁苦的人起來看望，動了相思之情，因為兩人一在江南，一在塞北。天河雖在兩地都能看到，但是道路遠隔，安慰不了離愁別恨。「但願人長久，千里共嬋娟」所表現的些微安慰，似乎也得不到了。

劉禹錫（七七二—八四二）

字夢得，洛陽人。貞元九年（七九三）進士。參與王叔文政治改革，王失敗後，劉被貶為朗州（今湖南常德）司馬十年，為民間歌曲倚聲填詞，很有成績。晚年與白居易友善。

瀟湘神

斑竹枝，斑竹枝，淚痕點點寄相思。楚客欲聽瑤瑟怨，瀟湘深夜月明時。

斑竹，又名湘妃竹，傳說舜的二妃因舜出巡，死於蒼梧，二人傷心流淚，淚痕成為竹上的斑紋。第三句就用的是這個典故。三句定了詞的基本憂傷情調。楚客，楚地的貶客，是作者自況。瑤瑟是精美的瑟，屈原在《離騷》中寫到「湘靈鼓瑟」，這裏用的是這個典故，也是同前面二妃傳說有關的。瀟湘，湘江與瀟水的總稱，特指二水匯合處。末句寫宜於聽瑟的時間和地點。全詞淒傷悱惻，用形象化的藝術手法，巧妙地表述了作者的心情。

憶江南

春去也，多謝洛陽人。弱柳從風疑舉袂，叢蘭裛露似沾巾，獨生亦含顰。

這首詞也名《春去也》，是作者讀了同在洛陽的白居易所寫《憶江南》之後寫的。詞用擬人化的手法，將「春」作為有感情的人，所以有第二句「多謝洛陽人」，表示春在去時對洛陽人的感謝。白居易在《憶江南》中有「日出江花紅勝火，春來江水綠如藍」這樣的句子。弱柳在風中舉袂（袖），即舉臂揮手送別，蘭叢披露水濕（裛）了，彷彿是流淚濕了手帕，也表示惜別的意思。末句「亦」字表示另有人在。「含顰」，皺眉不快，多為形容女子的，所以末句可以認為有女子見到這種情形而傷悲青春易逝。參看王方俊、張曾峒著《唐宋詞賞析》，俞陛雲著《唐五代兩宋詞選釋》。

當然，認為詞表現作者惜春去的感情，弱柳蘭叢似也有惜別之意，只是作者的想像，也可以。

白居易（七三七—七九二）

字樂天，其先太原人，後徙下邽（今陝西省渭南縣境）。曾任左拾遺，因好言事，貶為江州司馬。後又為杭州、蘇州刺史。晚居洛陽，自號「香山居士」。他主張「文章合為時而著，歌詩合為事而作」，力求為普通群眾所了解。寫詞不多，但對後世影響很大。

憶江南

江南好，風景舊曾諳。日出江花紅勝火，春來江水綠如藍。能不憶江南？

諳，熟悉。第三句是說太陽照耀的江岸上的花比火還要鮮艷。藍，一種蓼種植物，葉子可做染料。如，在古漢語中意思等於「勝」字。

長相思

汴水流，泗水流，流到瓜洲古渡頭。吳山點點愁。　思悠悠，恨悠悠，恨到歸時方始休。月明人倚樓。

汴水，發源於河南省，先流入淮河，到江蘇省與運河相通。泗水，發源於山東省，亦入淮河，與運河相通。瓜洲，在江蘇省揚州南的市鎮，運河經此通長江。吳山，江蘇一帶在春秋時為吳國領域，吳山指那一帶的山；點點是從遠處看山小而多。思是相思，恨是離恨，二者無窮無盡（悠悠），長如汴泗通淮入江，多如吳山點點。直到遠人歸來才能終結。未歸之前，只有在月明之夜，倚樓發愁了。末句也可解為設想人已歸來，月夜倚欄歡慶團圓了。

皇甫松（約八五七年前後在世）

睦州新安（今屬浙江）人，牛僧孺之甥。

夢江南

蘭燼落，屏上暗紅蕉。閒夢江南梅熟日，夜船吹笛雨瀟瀟。人語驛邊橋。

蘭燼，燭將燃完時結的燈花，形似蘭心。屏，屏風，這句寫燈光照到屏上，光如紅蕉（美人蕉，深紅色）。二句寫夜已深，人要入睡了。以下三句寫夢境：梅熟時節多雨，夜裏坐在船上一面吹笛，一面聽雨聲瀟瀟。同時還聽到驛站旁橋上有人說話。夢中情景，耐人尋味。

摘得新

酌一巵，須教玉笛吹。錦筵紅蠟燭，莫來遲。繁紅一夜經風雨，是空枝。

這詞原是唐教坊曲名。首句言飲酒，二句言吹笛，表現享樂現時的思想。三、四句有秉燭夜遊的意思。只要享樂是健康的，這種入世思想也未可厚非。末兩句有「花開堪折直須折，莫待無花空折枝」的意味，但也有「莫等閒白了少年頭，空悲切！」這一面積極的意義。

鄭符（生卒年代不詳）

曾任校書郎。與段成式友善。

閒中好

閒中好，盡日松為侶。此趣人不知，輕風度僧語。

這首詞以簡單的語言，讚揚生活中幽靜的樂趣。整天坐在松蔭，以松為伴侶，偶然聽到輕風送來僧語。

段成式（？—八六三）

河南人。唐代宰相段文昌之子。

閒中好

閒中好，塵務不縈心。坐對當窗木，看移三面蔭。

這首詞也是讚揚生活中幽靜樂趣的。前兩句說心不為世俗瑣事煩擾。末兩句說坐着看窗外的樹木，太陽照着，樹蔭從一面轉到二面、三面，時間是夠長的了。

我為你們選讀這兩首詞，不是要教你們飽食終日，無所用心，而是要教你們一點忙裏偷閒的生活藝術。我以前譯過一篇散文《忙裏偷閒》，作者就教導我們：人的心弦不能是永遠拉緊的弓，要抓住無意得來的片斷時間，使心情閒適，可以悠思冥想，有時可以得到意外的智慧。英國哲人羅素寫了一本《悠閒禮讚》，極力闡説悠閒的心情對於健康、學習和研究工作都是必要的。希望你們以這樣的思想作指導，學着從耳聞目睹的日常事物，吸收充實生活的養料。

溫庭筠（八一三？—八七零？）

唐末太原祁（今山西祁縣）人。考進士不第。《舊唐書》説他「士行塵雜，不修邊幅」。他好諷刺達官貴人，所以官運不佳。詞存六十六首，詩與李商隱齊名。

菩薩蠻

小山重疊金明滅，鬢雲欲度香腮雪。懶起畫蛾眉，弄妝梳洗遲。　照花前後鏡，花面交相映。新帖繡羅襦，雙雙金鷓鴣。

這首詞寫閨怨。重疊的小山——繡屏風，被朝陽照射，金色忽明忽暗，這句寫早晨情景。二句寫初起床婦女：頭髮蓬亂，似有飛動（度）姿態，籠罩着潔白如雪的腮龐。三、四句寫懶畫眉，慢化妝，是愁怨的外表具體表現。下片寫化妝終於完了，便用兩面鏡子一前一後照看鏡中容貌。帖，通貼，襦，短衣，二句寫見到絲綢短衣上用金線貼繡的成雙的鷓鴣，引起悲愁就意在言外了。

菩薩蠻

南園滿地堆輕絮。愁聞一霎清明雨。雨後卻斜陽，杏花零落香。　無言勻睡臉，枕上屏山掩。時節欲黃昏，無聊獨倚門。

這也是一首寫閨怨的詞，不過上一首細寫梳妝，多寫室內；這一首雖然也寫室內屏風，卻側重寫季節天氣和這時常見的花樹：柳絮已經堆地，香花已零落。忽晴忽雨的清明時節天氣，敗絮落花，與女主人公的內心感情相適應。這種藝術手法，在詞中常見。這類的女主人公在詞中也常見，時代使然，在你們的心目中引不起甚麼美感，我想也是很自然的。

菩薩蠻

夜來皓月才當午，重簾悄悄無人語，深處麝煙長，臥時留薄妝。　當年還自惜，往事那堪憶。花落月明殘，錦衾知曉寒。

首句寫已到中夜，尚見明月，人當然還未入睡。二、三句寫重簾深處沉默無聲，以香料和油脂混製成的燭已經結成很長的燭花，四句寫人未洗盡薄妝躺臥着。下片寫珍惜當年，回憶往事；花已落，明月殘，既知「曉寒」，自然是未曾入睡了。全首詞寫「相憶夢難成」的情景。

更漏子

星斗稀，鐘鼓歇，簾外曉鶯殘月。蘭露重，柳風斜，滿庭堆落花。　虛閣上，倚欄望，還似去年惆悵。春欲暮，思無窮，舊歡如夢中。

天上星已少了，報時的鐘鼓不再響了，簾外天空中還懸着殘月，但黃鶯已經開始歌唱了。暮春早景寫得很美。蘭上露濃，風吹柳舞，落花滿地，進一步描寫暮春景色。這時倚欄看望，舊歡如夢難以追尋，引起無限愁思，心情像去年一樣感到惆悵。

更漏子

玉爐香，紅蠟淚，偏照畫堂秋思。眉翠薄，鬢雲殘，夜長衾枕寒。　梧桐樹，三更雨，不道離情正苦。一葉葉，一聲聲，空階滴到明。

這首詞寫離愁。上片前三句寫環境：玉爐散香，紅燭流淚，照着畫堂內秋夜滿懷離愁的人。後三句寫人：眉上畫的翠黛已經淺薄，頭髮已經散亂，因為長夜不眠，覺得枕被都涼了。下片寫梧桐夜雨，不理會（不道）人的離愁，滴打着梧葉，一聲聲直響到天明。用淺顯的形象化語言，表現了極深的隱痛。

憶江南

千萬恨，恨極在天涯。山月不知心裏事，水風空落眼前花。搖曳碧雲斜。

這首詞寫漂泊天涯的苦痛，更苦的是自然界的萬物對自己的處境既無所知，也漠不關心。月亮獨自發光，不能照亮心頭的黑暗。風吹花落，對自己毫無同情。碧雲在天空飄飄蕩蕩，對自己毫不理會。另一種解釋說，「恨極在天涯」是懷念遠在天涯的情人。

憶江南

梳洗罷，獨倚望江樓。過盡千帆皆不是，斜暉脈脈水悠悠。腸斷白蘋洲。

詞寫渴望情人歸來，倚樓欄遠望，但千帆過去，不見人影，只有夕陽含情不語，綠水向遠處流去。此情此景，令人愁腸欲斷。白蘋，水生植物，開白色小花；洲，水中小片土地。只是因水而聯想到的泛稱，並不指專一的地方。

韓偓（約八四二—約九二三）

京兆萬年（今屬陝西）人。龍紀元年（八八九）進士。唐亡，依梁朝閩王王審知。著有《香奩集》。

生查子

侍女動妝奩，故故驚人睡。那知本未眠，背面偷垂淚。　懶卸鳳凰釵，羞入鴛鴦被。時復見殘燈，和煙墜金穗。

故故，故意。首兩句寫侍女不耐久等，故意動妝奩出聲，驚假寐的女主人醒來，正式就寢。三、四句寫她本人未入睡而還在偷偷自流淚。末四句寫她不卸妝鈿而懶怠地躺着，不蓋被，時時看着殘燈的燈花像金黃的麥穗似的落下來。

韋莊（八三六—九一零）

京兆杜陵（今屬陝西）人。少年既孤又窮，但勤學，昭宗乾寧元年（八九四）進士，詩詞均工。廣明元年（八八零）黃巢破長安，韋莊曾寫《秦婦吟》記其事。前蜀王建稱帝，曾任韋莊為宰相，把他留在蜀中。莊曾在杜甫草堂故址居住過。

荷葉杯

記得那年花下，深夜，初識謝娘時。水堂西面畫簾垂，攜手暗相期。　惆悵曉鶯殘月，相別，從此隔音塵。如今俱是異鄉人，相見更無因。

謝娘，常用以指所愛的女子。水堂，臨水的屋，如水榭。兩句寫相見的地方。下片先寫別時情景。隔音塵，既聽不到聲音，也看不到蹤跡。末兩句寫各居異鄉，更無緣相見了。一說韋莊有寵姬為蜀王所奪，因寫此詞。

謁金門

空相憶，無計得傳消息。天上嫦娥人不識，寄書何處覓？　新睡覺來無力，不忍把君書跡。滿院落花春寂寂，斷腸芳草碧。

上片寫相憶而無法通消息，天上嫦娥是比喻所憶的人，嫦娥是傳説中竊食仙藥而奔月宮的后羿的妻子，自然是無法寄書的了。下片寫不忍心看舊時書信字跡，以免在落花寂寂的深院，更增悲傷情緒。

女冠子

四月十七，正是去年今日，別君時。忍淚佯低面，含羞半斂眉。　不知魂已斷，空有夢相隨。除卻天邊月，沒人知。

上片寫離別時間和別時情況。佯是假裝着；斂眉是皺着眉頭。二句很逼真生動。下片寫只有夢中一見了。此種情懷，除天邊月之外，沒有人知道，淒傷孤寂之感就更深一層了。

女冠子

昨夜夜半，枕上分明夢見，語多時。依舊桃花面，頻低柳葉眉。　半羞還半喜，欲去又依依。覺來知是夢，不勝悲。

續寫上一首詞的夢境：不僅談了許多話，又寫了夢中人的容貌，情態寫得更自然些。結句略欠含蓄。

浣溪沙

惆悵夢餘山月斜，孤燈照壁背紅紗。小樓高閣謝娘家。　暗想玉容何所似？一枝春雪凍梅花，滿身香霧簇朝霞。

詞寫夢中及夢後情況和情緒。夢中到了所懷情人（謝娘是泛稱）的閨閣，夢醒後，只見月亮已斜掛天際，室內孤燈照着空壁和紅色紗簾，心裏感到惆悵。

這時心中暗想情人的容貌像甚麼樣呢？末兩句就是形容她的容貌和體態的：一枝上有春雪的梅花，滿身散發着香霧，周身還凝聚着朝霞。

浣溪沙

夜夜相思更漏殘，傷心明月憑闌干。想君思我錦衾寒。　咫尺畫堂深似海，憶來唯把舊書看。幾時攜手入長安？

詞上片設想對方思念自己的情況，寫法很新穎。首句寫更漏已殘，下兩句寫人還未眠而憑欄想着對方孤眠清冷寂寞。下片首句有咫尺天涯的意思：畫堂雖相隔不遠，卻「侯門深似海」，不能接近。相憶無奈，只好看看舊時書信了。這時憶起舊約，或有舊地重遊之意，所以末句那樣提問。入長安只是泛指。

和凝（八九八—九五五）

鄆州須昌（今山東東平）人。梁時舉進士。在梁、唐、晉、漢、周五代都做過高官，善作短歌艷曲，故號為「曲子相公」。

漁父

白芷汀寒立鷺鷥，蘋風輕剪浪花時。煙冪冪，日遲遲，香引芙蓉惹釣絲。

白芷是一種香草。汀，汀洲，水中的小片灘地。首句寫鷺鷥立在寒冷的小灘上。二句寫微風吹動水面。三句寫煙霧籠罩，四句是天色已晚。芙蓉是荷花，末句寫漁父在荷香中垂釣。全詞是一幅美麗的圖畫。

春光好

蘋葉軟，杏花明，畫船輕。雙浴鴛鴦出淥汀，棹歌聲。　　春水無風無浪，春天半雨半晴。紅粉相隨南浦晚，幾含情。

蘋，白蘋，水中開白色小花的植物。上片寫春天景物，形象地寫出春光明媚。下片兩句寫春季風平浪靜，半雨半晴，很有特色。紅粉即美人，南浦原為地名，這裏泛指水域，寫美女在這一帶結隊遊春。

張泌（生卒年代不詳）

一說是晚唐人，一說是南唐人。《花間集》存其詞二十三首。

浣溪沙

晚逐香車入鳳城，東風斜揭繡簾輕，漫回嬌眼笑盈盈。　消息未通何計是，便須佯醉且隨行，依稀聞道：「太狂生！」

鳳城，皇城。前三句寫晚上隨車進入皇城，風吹開車簾，車中人笑盈盈回眸看望。下三句寫無法交談，互通情意，只好裝醉隨車子走，彷彿聽到車中人說：「這個人太狂妄了！」這首詞把追車人的輕狂和車中人的端莊都寫得很生動。

江城子

浣花溪上見卿卿，眼波秋水明，黛眉輕，綠雲高綰，金簇小蜻蜓。好是問他來得麼，含笑道：「莫多情！」

浣花溪在成都西五里，杜甫草堂所在地。卿卿是對女子的暱稱，即女郎之意。下幾句說她眼睛明亮，眉用黛輕畫，頭髮（綠雲）高高束起，髮釵上還有金屬小裝飾品。這幾句描繪出一個美女的形象。末兩句一問一答，表現了兩人的內心活動，女子的形象就更為完美了。

按《江城子》第二句應為三字句，有認為「秋水」二字是衍文（多餘的字句）。

牛希濟（約九一三年前後在世）

隴西（今屬甘肅）人。先後在蜀和後唐任過官職。

生查子

春山煙欲收，天淡稀星小。殘月臉邊明，別淚臨清曉。　　語已多，情未了，回首猶重道：記得綠羅裙，處處憐芳草。

這是一首寫離別的詞。上片寫時間和當時景色：天將破曉，春山上煙霧將收，天色微明，星辰已經稀少，殘月還照着女主人公的別淚。下片寫談話已多，還道不盡心中情意；末兩句寫希望別後不相忘的眷戀深情：見到芳草也應憐愛，因為聯想到她着的綠羅裙。

生查子

新月曲如眉，未有團圞意。紅豆不堪看，滿眼相思淚。　終日劈桃穰，人在心兒裏。兩朵隔牆花，早晚成連理。

這首詞抒寫戀愛情懷。首兩句既寫了意中人眉如新月之美，也表現了希望月圓之意。紅豆像王維詩所說，「此物最相思」，但相思苦得流淚，就變成不堪看的了。桃穰即核桃仁，核桃破開後可以看到桃仁。人與仁雙關，比喻意中人在自己心裏。連理原指兩棵樹不同根，但上枝相連，常用以比喻男女相愛，終成眷屬，末兩句就是表示這種希望。這首詞很有《子夜歌》風味。

李珣（約八五五—約九三零）

其先為波斯人，後家居梓州（今四川省三台附近）。他少有詩名，兼通醫理。《花間集》《尊前集》中載他的詞，所著《瓊瑤集》已佚。

浣溪沙

紅藕花香到檻頻，可堪閒憶似花人。舊歡如夢絕音塵。　翠疊畫屏山隱隱，冷鋪紋簟水潾潾。斷魂何處一蟬新？

荷香頻頻傳到欄杆邊，閒憶似花人令人難以忍受。舊歡像夢一樣無影無蹤了。畫的屏風上隱隱約約看到群山，鋪的蓆子像水一樣冷冰冰的。不知從哪裏傳來的蟬聲更令人魂斷。

南鄉子

蘭棹舉，水紋開，競攜藤籠採蓮來。回塘深處遙相見，邀同宴，淥酒一卮紅上面。

蘭棹，木蘭舟的槳。藤籠，用藤編的裝蓮的筐子。淥酒，清酒。一卮，一杯。將採蓮人之間的友好關係，寫得十分自然。

南鄉子

乘彩舫，過蓮塘，棹歌驚起睡鴛鴦。遊女帶花偎伴笑，爭窈窕，競折團荷遮晚照。

彩舫，彩繪的船，或稱畫船。棹歌，搖槳時唱的歌。遊女帶花，佩戴着花的遊女。偎，依靠着。爭窈窕，互比誰美。團荷，圓的荷葉。晚照，夕陽。這首詞和上一首將水鄉女子採蓮的景色、人情，描繪得富有詩情畫意。

南鄉子

沙月靜，水煙輕，芰荷香裏夜船行。綠鬟紅臉誰家女？遙相顧，緩唱棹歌極浦去。

沙上月色幽靜，水上煙霧輕淡，在荷香裏乘船夜行，三句多麼引人入勝。詩詞中常以「綠雲」形容女子髮多而黑，所以這裏的「綠鬟」是環形髮多而黑的意思。極浦，蓮湖的遙遠水邊。上面寫到月色，所以可以看到黑髮紅臉的女子遙遙相望而去。

南鄉子

雙髻墜，小眉彎，笑隨女伴下春山。玉纖遙指花深處，爭回顧，孔雀雙雙迎日舞。

雙髻下墜，眉如新月，是形容女子的。這裏描寫的是結伴遊山的情形。玉纖，女子的手指，花深處孔雀雙雙迎日起舞，確是值得觀賞的一景，無怪要爭相回看了。

顧敻（約九二八年前後在世）

前蜀王建時為宮廷小吏。後官至刺史。後蜀時官至太尉。性好詼諧。

訴衷情

永夜拋人何處去？絕來音。香閣掩，眉斂月將沉。爭忍不相尋？怨孤衾。換我心，為你心，始知相憶深。

長夜拋棄我的負心人哪兒去了？毫無音信。只好掩了閨門，皺起眉頭，直到月亮快要落了。爭，等於現代的「怎」，怎能忍心不尋找呢？末三句表現了深情。全詞用白描手法，毫無雕琢痕跡。

荷葉杯

我憶君詩最苦，知否？字字盡關心。紅箋寫寄表情深，吟麼吟，吟麼吟？

思念，寫詩，寄詩，但不知對方是否吟誦，相思之苦，步步深入，寫得十分自然。

臨江仙

碧染長空池似鏡，倚樓閒望凝情。滿懷紅藕細香清。象床珍簟，山障掩，玉琴橫。

暗想昔時歡笑事，如今贏得愁生。博山爐暖淡煙輕。蟬鳴人靜，殘日傍，小窗明。

碧染長空，無雲的晴空；似鏡，池無波、平如鏡。凝情，感情專注。紅藕細香，紅蓮輕香。象床，象牙裝飾的床，俗稱象牙床。珍簟，精美的蓆。山障掩，門關上了。博山爐，是像海中博山的一種精美的香爐，上面細刻重疊山形裝飾。詞先寫外景，後寫室內，最後寫黃昏時刻，都為主人公回憶往昔歡樂和悲愁創造氣氛。末句或作「殘月傍窗明」，那就是通宵未睡了。

歐陽炯（八九六—九七一）

益州華陽（今屬四川）人，在前蜀、後蜀、宋均任過官職。他曾為《花間集》作序，詞亦載《花間集》中。

南鄉子

畫舸停橈，槿花籬外竹橫橋。水上遊人沙上女，回顧，笑指芭蕉林裏住。

畫船停槳不走了。槿花，朝開暮落，種它代替籬笆，我童年在故鄉見到過，還記得從上面捉蜻蜓的情形。翠竹橫在橋上，把景物點綴得夠美了。水上遊人和沙灘上遊女調情，寫得優美自然。

南鄉子

洞口誰家，木蘭船繫木蘭花。紅袖女郎相引去，遊南浦，笑倚春風相對語。

首句寫不知是誰人的家，只見有用木蘭樹所製的畫舫繫在木蘭花樹上，詩句很美，已經將人家情況暗示出來了。女郎結隊出來，到南浦（江西南昌西南的碼頭）去遊玩，末句寫女郎們在春風中偎倚談笑。女郎們的歡快遊興，純真友誼，寫得清新明快。

南鄉子

路入南中，桄榔葉暗蓼花紅。兩岸人家微雨後，收紅豆，樹底纖纖抬素手。

桄榔樹是常綠喬木，花小，開的成穗，綠色。一棵樹能結百多花穗，每穗結子百多粒，像青色的珠。紅豆是相思樹所結的實，王維詩中說：「此物最相思。」纖纖是形容手的。

孫光憲（約九六八年在世）

貴平（今屬四川）人。宋太祖授以黃州刺史，將用為學士。未就而卒。著作多已散失。詞存《花間集》與《尊前集》中。

生查子

寂寞掩朱門，正是天將暮。暗淡小庭中，滴滴梧桐雨。　繡工夫，牽心緒，配盡鴛鴦縷。待得沒人時，偎倚論私語。

上片寫黃昏時刻，雨打梧桐，朱門深掩，環境幽靜，人越感到寂寞。下片寫手在繡花，情緒很不安寧。期待着無人時偎倚着它私語。

更漏子

掌中珠，心上氣，愛惜豈將容易。花下月，枕前人，此生誰更親？　交頭語，合歡身，便同比目金鱗。連繡枕，臥紅茵，霜天暖似春。

掌上明珠，心頭氣息，怎樣愛惜都不容易周到。二者都比喻愛侶。後三句進一步寫愛侶比誰都更為親近。比目金鱗即比目魚，總是身靠身在水中游泳。末三句寫相依為命，健康的夫妻關係是應當這樣和諧的。

風流子

茅舍槿籬溪曲，雞犬自南自北，菰葉長，水葓開，門外春波漲綠。聽織，聲促，軋軋鳴梭穿屋。

這首詞先寫茅屋外景，後寫織布聲音傳到屋外。李冰若在《栩莊漫記》中說：「《花間集》中忽有此淡樸詠田家耕織之詞，誠為異彩。蓋詞境至此，已擴放多矣。」這話說得很好。

槿樹是灌木，花早開暮落，農村用作籬笆，稱為槿籬；溪曲，屋旁有彎彎流水，所以下面有「春波漲綠」，就是春天水漲了；水邊有菰，一種俗稱茭白，可作菜蔬的植物；水茈，一種水生植物。

風流子

樓倚長衢欲暮，瞥見神仙伴侶，微傅粉，攏梳頭，隱隱畫簾開處。無語，無緒，慢曳羅裙歸去。

黃昏時倚樓站着，看見一位漂亮女郎，隱隱約約在畫簾開處，臉上傅着薄薄的粉，頭髮也只隨便梳着。彼此未說一句話，她手曳羅裙回家去了。一時的脈脈深情寫得很真摯生動。

馮延巳（九零三—九六零）

廣陵（今江蘇揚州）人。南唐中主李璟年少時，在廬山建築讀書堂，他隨侍左右。李璟做皇帝，他曾做宰相。詞多寫男女離愁別恨，北宋的晏殊和歐陽修很受他影響。

歸自謠

何處笛？深夜夢回情脈脈。竹風檐雨寒窗滴。　離人數歲無消息。今頭白，不眠特地重相憶。

深夜夢醒聽到笛聲，愁苦極了（情脈脈）。寒窗外風吹雨滴，更加使人愁苦。離別的人幾年不通音訊，不能入睡，重新回憶以自慰。

長相思

紅滿枝，綠滿枝。宿雨懨懨睡起遲。閒庭花影移。　憶歸期，數歸期，夢見雖多相見稀。相逢知幾時？

首兩句寫花繁葉茂，後寫「花影移」，表示時間過去了。宿雨，昨夜的雨，雨後所以花更紅，葉更綠，人也安心（懨懨）入睡，醒得遲了。醒後憶起外出人的歸期，計算日期，恨聚少別多，不知何時再見。詞寫的還是離愁別恨。

蝶戀花

誰道閒情拋棄久，每到春來，惆悵還依舊。日日花前常病酒，不辭鏡裏朱顏瘦。　河畔青蕪堤上柳，為問新愁，何事年年有？獨立小橋風滿袖，平林新月人歸後。

閒情實指相思之情，誰說拋開久了就淡忘，每到春天，惆悵依然像舊日一樣。照常在花前醉酒，朱顏消瘦也在所不惜（不辭）。青蕪，青草，與柳均為綠色，代表陽春朝氣，春來復蘇，想問它們，我何以年年有新愁復蘇，像它們一樣呢？懷着這種心情，在小橋上獨立，任憑風吹，面對平林新月，遊人走盡了之後，只有獨自回去了。

蝶戀花

蕭索清秋珠淚墜，枕簟微涼，展轉渾無寐。殘酒欲醒中夜起，月明如練天如水。

階下寒聲啼絡緯，庭樹金風，悄悄重門閉。可惜舊歡攜手地，思量一夕成憔悴。

秋天蕭索，眼淚下落，枕和蓆都有點涼，身子翻來翻去睡不着。酒將醒了，半夜起來，月光明亮。絡緯，即紡織娘，聲如織布故名。金風，秋天的風。在與情人舊時攜手的地方引起悲感，一夜就使人憔悴了。這自然是誇張的說法。

蝶戀花

六曲欄杆偎碧樹，楊柳風輕，展盡黃金縷。誰把鈿箏移玉柱，穿簾海燕雙飛去。

滿眼游絲兼落絮，紅杏開時，一霎清明雨。濃睡覺來鶯亂語，驚殘好夢無尋處。

這首詞的作者或作晏殊，或作歐陽修，或作張泌，據《全唐詩》作馮延巳。欄杆靠近綠樹，輕風吹着楊柳，柳條都展開了。有人彈箏，把海燕驚跑了。下片前三句寫暮春景色，有境有景。末兩句抒情含蓄。

謁金門

風乍起，吹皺一池春水。閒引鴛鴦香徑裏，手挼紅杏蕊。　鬥鴨闌干獨倚，碧玉搔頭斜墜。終日望君君不至，舉頭聞鵲喜。

頭兩句寫突然起了風，使水面泛起漣漪。次兩句寫思婦百無聊賴，在瀰漫着花香的小路上，用手揉搓杏花心，逗引鴛鴦以自遣。下片寫她獨自靠在池塘周圍的闌干上，觀看鬥鴨，看得很出神，碧玉釵都歪斜欲墜了。這是進一步寫她的百無聊賴的心情。末兩句點明她是在想念人，聽到喜鵲鳴聲而稍感安慰，因為民間相信，喜鵲叫是報喜的。

拋球樂

酒罷歌餘興未闌，小橋秋水共盤桓。波搖梅蕊當心白，風入羅衣貼體寒。且莫思歸去，須盡笙歌此夕歡。

喝完了酒，唱完了歌，還未盡興。在有秋水的小橋上再盤桓一會兒。白梅花蕊在波中搖動，秋風吹進羅衣，覺得身上有點涼意了。儘管如此，且莫想回家，今晚還要盡興吹笙唱歌哩！

李璟（九一六—九六一）

徐州（今江蘇徐州）人，一說湖州人。南唐開國主李昪子，保大元年（九四三）在金陵繼位稱帝，在位十九年。後向周世宗稱臣，改稱國主。周亡後，又向宋進貢。史稱南唐中主。

攤破浣溪沙

菡萏香銷翠葉殘，西風愁起綠波間。還與韶光共憔悴，不堪看。　細雨夢回雞塞遠，小樓吹徹玉笙寒。多少淚珠何限恨，倚闌干。

荷花（菡萏）已經沒有香味，綠葉已經殘敗了。綠波間颳起了西風，因為花敗葉殘，所以說「愁起」。韶光（美好的時光）消逝，人也一同憔悴了，不堪看此等景色了。下片的雞塞是雞鹿塞（地名）的簡稱，這裏只泛指邊塞。吹徹，吹奏完畢；玉笙寒，可能為笙被吹濕而寒，亦可能為笙聲淒涼。

李璟很欣賞馮延巳的詞句：「風乍起，吹皺一池春水。」戲問他：「吹皺一池春水，干卿何事？」馮答道：「未若陛下『小樓吹徹玉笙寒』。」

李煜（九三七—九七八）

李璟的第六子，九六一年嗣位，史稱南唐後主。宋破金陵，煜投降，還被封了官職。據説後為宋太宗賜藥毒死。所著詩詞很多，後人只輯存幾十篇。

烏夜啼

林花謝了春紅，太匆匆。無奈朝來寒雨，晚來風。　　燕脂淚，留人醉，幾時重？自是人生長恨水長東。

林裏的紅花謝了，未免太匆忙了。早晨下着寒雨，晚上又颳風，無可奈何呀。淚濕燕脂，留人醉飲，幾時還能再有這樣的事情呢？詞是寫離愁的。

烏夜啼

無言獨上西樓，月如鈎，寂寞梧桐深院鎖清秋。　　剪不斷，理還亂，是離愁，別是一番滋味在心頭。

上片寫景，秋季深院裏新月照着梧桐，又默默無言，一人獨自登樓，景裏也就有寂寞的離愁了。下面把離愁寫得既形象（剪不斷，理還亂，都是具體的活動），又深入內心，滋味自然也就是愁味。

清平樂

別來春半，觸目愁腸斷。砌下落梅如雪亂，拂了一身還滿。　　雁來音信無憑，路遙歸夢難成。離恨恰如春草，更行更遠還生。

春半，指仲春。砌，台階。落梅，有一種白色的梅，落花較晚，因以「如雪」形容它；下句形容花落得很多。下片寫雁傳書既靠不住，路遠了，也難成歸夢，所以離恨就像春草一樣滋生了。

長相思

一重山，兩重山，山遠天高煙水寒，相思楓葉丹。　菊花開，菊花殘，塞雁高飛人未還，一簾風月閒。

此詞寫深秋懷遠，語淺情深。花開花謝，月色照窗，都是容易懷人的時候。

浪淘沙

簾外雨潺潺，春意闌珊，羅衾不耐五更寒。夢裏不知身是客，一晌貪歡。　獨自暮憑欄，無限江山，別時容易見時難。流水落花春去也，天上人間。

潺潺，原指水流動聲，這裏指雨聲。闌珊，將要完了。羅衾，絲綢作面的被。末兩句，嘆息自己一向只知貪圖享樂，夢裏還不知道已經亡了國，做了階下囚了。這裏寫亡國之恨。下片寫黃昏時獨自憑欄遠看，想像中看到南唐的廣闊河山，懷念故國的感情自在言外，想再見自然是困難的了。末兩句的大意是：流水落花表示春天已去，但不知道去到天上人間甚麼地方了。春也可看為象徵過去的榮華，天上人間無處可尋，也就是化為烏有了。

虞美人

春花秋月何時了，往事知多少？小樓昨夜又東風，故國不堪回首月明中。　雕欄玉砌應猶在，只是朱顏改。問君能有幾多愁，恰似一江春水向東流。

春花秋月，代表季節更替；了，完結，意思是説歲月總是輪迴。二句言回憶中的往事很多，但最不堪回首的是已亡的國。下片前兩句就是引申上文：豪華建築（雕花的欄杆，白玉石的台階）應當依然存在，只是換了主人（朱顏改是換了朝代的隱語）。這種亡國之愁是源遠流長的，像一江春水。

望江南

多少恨，昨夜夢魂中；還似舊時遊上苑，車如流水馬如龍，花月正春風。

上苑是帝王打獵遊玩的地方。車如流水，馬如游龍，是車和馬很多，隊伍絡繹不絕。首句說，昨夜夢中所見，引起多少恨來，後三句寫具體的夢的內容：舊時在上苑打獵或遊玩，風中盛開着花，月色明媚，隨從的朝臣、嬪妃、宮女等所乘的車馬隊伍浩浩蕩蕩。夢幻中的樂同現實中的悲只對襯一寫，不用多着一語，對於讀者就有了巨大的藝術感染力。這是李煜詞的一大特色。

宋詞

王禹偁（九五四——一零零一）

鉅野（今山東巨野縣）人。宋太宗興國八年（九八三）進士。因為剛直敢於直諫，屢遭貶謫。他的詩風平易清新，詞僅存一首。

點絳唇

雨恨雲愁，江南依舊稱佳麗。水村漁市，一縷孤煙細。　天際征鴻，遙認行如綴。平生事，此時凝睇，誰會憑欄意？

江南多雨多雲，很令人愁悶，但風景依然美麗。下面寫農村情形，水鄉自然多魚，但人煙稀少，所以只偶有一縷炊煙。天邊長征的大雁，遠遠看來，緊依成行，彷彿連綴在一起。這時定睛看望着牠們，有誰理會我扶欄杆站在那裏的心事？末句含蓄地傾吐了平生政治抱負不能實現的怨意。

潘閬（?—一零零九）

大名（今屬河北）人，一說廣陵（今江蘇揚州）人。宋太宗時賜進士第。幾次遭受貶謫，並因牽連，曾改名隱匿，後又被赦。有詩名，詞僅存《酒泉子》十首。

酒泉子

長憶觀潮，滿郭人爭江上望。來疑滄海盡成空，萬面鼓聲中。　弄潮兒向濤頭立，手把紅旗旗不濕。別來幾向夢中看，夢覺尚心寒。

觀潮，指每年八月錢塘江潮。郭，內城以外的地方，滿郭言人極多。滄海，蒼青色的海，盡成空，形容潮大，彷彿海水排空而來。鼓聲，比喻潮聲，高如萬鼓齊鳴。弄潮兒，在潮中游泳的健兒。這兩句是概括周密在《武林舊事·觀潮》中的記載：「吳兒善泅者數百……手持十幅大彩旗……出沒於鯨波萬仞中，騰身百變，而旗略不沾濕。」這景況幾次在夢中見到，還心驚膽戰。可見對驚險場面留下了極深印象。全詞豪放，別開一種風氣。

林逋（九六七—一零二八）

浙江錢塘（今杭州市）人。隱居孤山，不做官，不娶妻，二十年不到城市，喜植梅養鶴，人稱「梅妻鶴子」。

長相思

吳山青，越山青，兩岸青山相對迎。誰知離別情？　君淚盈，妾淚盈，羅帶同心結未成。江邊潮已平。

吳山，在錢塘江北岸；越山，在錢塘江南岸。相對地迎送來往船隻，而不了解離別之情。君指男，妾指女，在離別時以女的口氣嘆息，羅帶未能結同心，即戀愛未能成眷屬。古時以絲帶打成同心結，即表示兩人相愛之意。末句說潮水已漲，船該開行了，言外暗示離愁別恨也達到高潮了。

范仲淹（九八九—一零五二）

先世為邠（今陝西縣名）人，後遷居吳縣（今蘇州）。他在陝西守衛邊塞多年，西夏不敢來犯。他在政治上主張革新，但為守舊派阻撓，不能實現。

蘇幕遮

碧雲天，黃葉地，秋色連波，波上寒煙翠。山映斜陽天接水，芳草無情，更在斜陽外。

黯鄉魂，追旅思，夜夜除非好夢留人睡。明月樓高休獨倚，酒入愁腸，化作相思淚。

這是一首細寫深秋景色，以抒懷人之情的詩，寫景是一幅多彩的美麗圖畫，抒情委婉、深刻。碧雲天，碧空有浮雲飄動，雲天一色。黃葉地，大地同金黃色的落葉混為一體；上兩句所寫秋色又與秋水相連，秋水上又籠罩着翠微色的寒煙。斜陽照映着遠山，遠處天和水合成一片，深秋的景色就更顯得美麗了。芳草無情，更在斜陽外，是由遠處的斜陽，聯想到更遠的芳草——所懷的人，鄉思也就意在言外了。下片進一步明確寫出鄉魂使自己心情暗淡，回憶起羈旅悲愁，只有做好夢才能入睡了，言外也有鄉愁。末三句是詞人警誡自己：不要在月明之夜，獨上高樓倚欄遠望，借酒澆愁，酒卻化為相思的眼淚了。這三句也是回顧上文，所寫秋景是登樓看到的。

漁家傲

塞下秋來風景異，衡陽雁去無留意。四面邊聲連角起，千嶂裏，長煙落日孤城閉。

濁酒一杯家萬里，燕然未勒歸無計。羌管悠悠霜滿地。人不寐，將軍白髮征夫淚。

范仲淹在一零四零至一零四三年間，在陝北督師，抵禦西夏（党項族）的侵犯，這首詞寫的就是那時的邊塞情況、征夫及將帥的心情。塞下，邊塞地區。二句說雁無意留在邊塞，向衡陽飛去，據說雁飛到衡陽為止，那裏有回雁峰，不再南飛了。邊聲，指邊塞各種聲音，其中也有軍中樂器（角）聲。千嶂裏，在群山之中。濁酒，色濁如乳的酒。燕然未勒，意謂未在燕然山上刻石記功，即戰敗敵人；歸無計，即不能歸去。燕然山即杭愛山，在蒙古國境內。後漢竇憲破北單于登此山，班固為撰封燕然山銘，刻碑記功。這裏用的是這個典故。羌管即羌笛，原是羌族樂器，故名。

詞把邊塞風光寫得非常出色，下片寫戰爭艱苦，征夫心情，將帥壯志，委婉深刻，情景融為一體了。

御街行

紛紛墜葉飄香砌，夜寂靜，寒聲碎。真珠簾捲玉樓空，天淡銀河垂地。年年今夜，月華如練，長是人千里。　愁腸已斷無由醉，酒未到，先成淚。殘燈明滅枕頭攲，諳盡孤眠滋味。都來此事。眉間心上，無計相迴避。

香砌，上面有落花香味的台階。寒聲碎，風吹落葉發出的微聲。真珠即珍珠；玉樓空，豪華的樓中已無人居住。天淡，天空清澈無雲，所以銀河彷彿垂到地上了。如練，像煮熟的絲綢一樣潔白。敧，斜靠着枕頭。都來，意為算來，也可釋為統統。末兩句即愁「才下眉頭，卻上心頭」，總是擺脫不了。

上片寫秋景有聲有色，下片寫離情如癡如醉。

柳永（生卒年代不詳）

崇安（今福建縣名）人，景祐元年（一零三四）始中進士。他為人放蕩不羈，常與歌伎樂工交往，吸收民間新聲，發展成為慢詞（曲調舒緩），對詞的發展頗有影響。他曾有詞句：「忍把浮名，換了淺斟低唱。」宋仁宗在他應試要放榜時，故意不取他，說：「且去淺斟低唱，何要浮名。」他善為歌辭，教坊樂工，每得新腔，必求永為辭。於是有人云：「凡有井水飲處，即能歌柳詞。」可見他的詞頗受群眾歡迎。

雨霖鈴

寒蟬淒切，對長亭晚，驟雨初歇。都門帳飲無緒，方留戀處，蘭舟催發。執手相看淚眼，竟無語凝噎。念去去、千里煙波，暮靄沉沉楚天闊。　多情自古傷離別，更那堪，冷落清秋節。今宵酒醒何處？楊柳岸，曉風殘月。此去經年，應是良辰、好景虛設。便縱有，千種風情，更與何人說？

寒蟬，一名寒蜇，可以鳴到深秋。長亭相隔十里，短亭相隔五里，是旅客休息換馬的地方。帳飲，城外無房屋，設帳幕宴飲送別；無緒，心情不佳。凝噎，喉嚨堵塞，說不出話。暮靄，晚間的煙霧；楚天，泛指江南的天空，此地原屬楚。今宵兩句是為被送的人設想的。風情，情意。「更」一作「待」。

詞從離別的瞬間寫起，既設想到旅途中情況，又意料到別後心緒，自然而又生動，很富有感染力。

八聲甘州

對瀟瀟暮雨灑江天，一番洗清秋。漸霜風淒緊，關河冷落，殘照當樓。是處紅衰翠減，冉冉物華休。惟有長江水，無語東流。　不忍登高臨遠，望故鄉渺邈，歸思難收。嘆年來蹤跡，何事苦淹留？想佳人妝樓長望，誤幾回，天際識歸舟。爭知我、倚欄杆處，正恁凝愁。

瀟瀟，形容雨聲。紅衰翠減，處處花落葉凋，冉冉物華休，美麗景物漸漸衰敗。歸思，思鄉之情。何事苦淹留，為甚麼事久留在外呢？下兩句設想佳人在家登樓遠望，好多次誤認為天際歸舟載着自己歸來。爭，怎麼。正恁凝愁，正在解不開愁結。

上片寫秋景淒清，襯出下片鄉愁寂寞。設想對方誤認歸舟，思己情切，但怎麼知道自己望鄉思遠，而愁結難解呢？這種對襯寫法，大大增加了藝術感染力。蘇軾不喜柳詞，但對此詞卻很欣賞，稱霜風三句「不減唐人高處」。

鳳銜杯

有美瑤卿能染翰，千里寄，小詩長簡。想初襞苔箋，旋揮翠管紅窗畔。漸玉箸、銀鈎滿。錦囊收，犀軸卷。常珍重，小齋吟玩。更寶若珠璣，置之懷袖時時看。似頻見、千嬌面。

瑤卿是對所愛女子的美稱，她善寫字，寄來小詩長信。以下幾句是想像她打開信紙，在紅窗旁揮筆（翠管）寫字，漸漸把字（玉箸、銀鈎形容筆畫）寫滿了。上片寫她寫詩寫信的情況。下片就寫自己收詩信之後如何卷藏，如何視為珠寶，不僅置之懷中，還時時取出吟玩，因為這樣就彷彿見到她的美麗面容。

一件平常事被詩化了。

佳人醉

暮景蕭蕭雨霽，雲淡天高風細。正月華如水，金波銀漢，瀲灩無際。冷浸書帷夢斷，卻披衣重起。　臨軒砌，素光遙指。因念翠娥，杳隔音塵何處，相望同千里。盡凝睇，厭厭無寐，漸曉雕欄獨倚。

首兩句寫傍晚天晴了，天高氣爽，雲淡風輕。三、四句寫地上如水月光，天上銀河，互相輝映，水天一色，水波蕩漾（瀲灩），無邊無際。後兩句寫寒氣打斷了夢，披衣起來。下片寫站到房前台階上面，月光遙照到遠方，因而想到所愛的女子（翠娥為美稱）現在杳無音信，但相望還可以「千里共嬋娟」吧。因而盡量定睛遠望，弄得有氣無力（厭厭，同奄奄），睡不着覺了，天快亮了，還倚着欄杆獨立。

蝶戀花

佇倚危樓風細細，望極春愁，黯黯生天際。草色煙光殘照裏，無言誰會憑闌意。　擬把疏狂圖一醉，對酒當歌，強樂還無味。衣帶漸寬終不悔，為伊消得人憔悴。

佇倚，久立；危樓，高樓。望極句，按意思大體是：向遠處看望，悲傷的春愁從天際產生，下句即寫天際情況，末句說自己默默無言，無人理解憑闌獨立是甚麼意思。下片說想不拘小節，放肆地一醉消愁，但勉強尋歡作樂，也無味。衣帶漸寬，是漸漸消瘦了；消得是值得的意思，兩句說，為她憔悴是值得的。作者另一首詞，末尾三句是：「潘妃寶釧，阿嬌金屋，也應消得。」說明消不能單獨作消瘦解。

張先（九九零——一零七八）

烏程（今屬浙江）人。天聖八年（一零三零）進士。作詞工於煉語，多有佳句。曾任過官職，晚年退居鄉閭，卒年八十九。

相思兒令

春去幾時還？問桃李無言，燕子歸棲風緊，梨雪滿西園。　猶有月嬋娟，似人人、難近如天。願教清影長相見，更乞取長圓。

惜春歸去，又不知春歸何處。桃李花謝（無言），燕子歸巢，梨花落滿西園，都是春歸的形象描寫。下片以月喻人，她好像月在天上，難以接近。只願能長見清影，更希望永遠團圓。

天仙子

時為嘉禾小倅，以病眠，不赴府會。

水調數聲持酒聽，午醉醒來愁未醒。送春春去幾時回？臨晚鏡，傷流景，往事後期空記省。　沙上並禽池上暝，雲破月來花弄影。重重簾幕密遮燈，風不定，人初靜，明日落紅應滿徑。

嘉禾，宋時郡名，今浙江嘉興市。張先那時在那裏做判官。「水調」，那時流行的曲調名。傷流景，傷流水樣逝去的年華。往事，以前的事；後期，以後的約會；空記省，白白記憶了；並禽，並棲的鳥，指鴛鴦；暝，天色已暗。

關於下一句「雲破月來花弄影」，我給你們講一段小故事吧。

有人對子野（張先的號）說：「人皆謂公張三中，即『心中事』，『眼中淚』，『意中人』也。」子野說：「何不目之為張三影？……『雲破月來花弄影』，『嬌柔懶起，簾壓卷花影』，『柳徑無人，墮風絮無影』，此余平生所得意也。」

青門引

乍暖還輕冷，風雨晚來方定。庭軒寂寞近清明，殘花中酒，又是去年病。　樓頭畫角風吹醒，入夜重門靜。那堪更被明月，隔牆送過鞦韆影。

天氣驟暖還帶點微寒，終日風風雨雨，到晚方止。庭院走廊（庭軒）寂靜，花已殘落，這正是清明時節景象，像去年一樣愁病，飲酒過量醉了。下片寫入夜更靜，又被畫角吹醒，寂寞之感更增。月光送過牆那邊打鞦韆的人影，寂寞之情躍然紙上。

木蘭花

乙卯吳興寒食

龍頭舴艋吳兒競，筍柱鞦韆遊女並。芳洲拾翠暮忘歸，秀野踏青來不定。　行雲去後遙山暝，已放笙歌池院靜。中庭月色正清明，無數楊花過無影。

乙卯為宋神宗熙寧八年（一零七五）。龍頭舴艋，刻有龍頭的小船，賽船用。筍柱鞦韆，指鞦韆架的形式，如懸鐘磬的架子一樣；芳洲，水中的小沙洲；拾翠，拾翠鳥的羽毛，用作裝飾，遊春時順便作消遣。踏青，寒食清明前後的郊遊。以上都寫的是寒食清明時節的各種遊戲。下一句的行雲，可泛稱天上浮雲，也借指美人，以後者較佳，因此詞不僅寫景，也抒情。美人既去，遠山顯得黯然無色，笙歌隊伍也分散（已放）了，庭院靜了。月色照着無影的凋落楊花，淒清的境界就形象化地點了睛了。

晏殊（九九一——一零五五）

撫州臨川（今江西撫州市）人。七歲能文，被稱為神童。真宗景德二年（一零零五）召試，賜同進士出身。宋仁宗時官至宰相。他引用了范仲淹、歐陽修等人。他也寫詩，詞還是從詩中選出的（所謂「詩餘」），但他寫詩反不如詞著名。

浣溪沙

一曲新詞酒一杯，去年天氣舊亭台，夕陽西下幾時回？　無可奈何花落去，似曾相識燕歸來。小園香徑獨徘徊。

詞寫春殘景象，見景感到寂寞，傷韶光之飛逝。花自落去，對己並無同情，同歸燕只似曾相識而已，對己也並無同感。自己的孤寂感也就無限加深，只好在花徑獨自徘徊了。

作者還寫過一首七律，「無可奈何」兩句是詩中的五、六句。「小園」為詩的第二句。論者有人認為入詞較好。以詩句入詞是偶然有的。這詞還曾被誤編入「南唐二主詞」內。

蝶戀花

檻菊愁煙蘭泣露，羅幕輕寒，燕子雙飛去。明月不諳離恨苦，斜光到曉穿朱戶。　昨夜西風凋碧樹，獨上高樓，望盡天涯路。欲寄彩箋無尺素，山長水闊知何處？

在懷着離愁的人看來，欄杆裏的菊花在煙霧裏發愁，蘭花帶露似在哭泣，輕寒侵入羅幕（簾幕），燕子也雙雙歸去了。明月不知道離愁恨苦，到早上那斜光還照射到屋裏。昨夜的西風使青枝綠葉的樹凋零了，獨自登高樓，向天涯遠處看望。想到遠人，離恨更深入一層。彩箋、尺素都是寫書信所用，前者似只是紙張，後者使人想起古詩：「客自遠方來，遺我雙鯉魚。呼兒烹鯉魚，中有尺素書。」似乎尺素書是藏在鯉魚形的外封裏面的。二者並提，加重無法寫信之意。末句説明原因：伊人遠隔萬水千山，不知她在甚麼地方。離愁就更進一層了。

破陣子

燕子來時新社，梨花落後清明。池上碧苔三四點，葉底黃鸝一兩聲，日長飛絮輕。

巧笑東鄰女伴，採桑徑里逢迎。疑怪昨宵春夢好，原是今朝鬥草贏，笑從雙臉生。

燕子是候鳥，新社是春社，是古代祭土地神的日子，在立春後，這時燕子便來了，在秋社時飛去。巧笑，《詩經》裏有這樣兩句形容女子美麗的眼睛和笑容的詩：「巧笑倩兮，美目盼兮。」逢迎，相遇。疑怪，難怪。鬥草，古代婦女用草來比賽輸贏的遊戲。因為贏了，所以兩個人都笑了。一件小事，把一對青年男女的生活樂趣寫得十分生動。宋詞寫青年歡快生活的極少，這一首大概你們更為樂讀吧。

清平樂

紅箋小字，說盡平生意。鴻雁在雲魚在水，惆悵此情難寄。　斜陽獨倚西樓，遙山恰對簾鉤。人面不知何處，綠波依舊東流。

上片記為情人寫信，述說平生。相傳雁能傳書，尺素書外表常為鯉魚，也代表書信，此句寫書信難通。下片寫景，惆悵不知收信人在甚麼地方。人面句來自「人面不知何處去」，人面指女子。

李冠（生卒年代不詳）

歷城（今濟南）人。雖當時有文名，文集已不傳。下面一首詞的作者，也有多種説法。一説是李煜作。

蝶戀花

遙夜亭皋閒信步，才過清明，漸覺傷春暮。數點雨聲風約住，朦朧淡月雲來去。

桃杏依稀香暗度。誰在鞦韆、笑裏輕輕語。一寸相思千萬緒，人間沒個安排處。

寫暮春情思，景既寫得好，情也寫得細。數點兩句寫得固佳，誰在兩句寫出了引人愛的少女形象。此景此情，就引起千頭萬緒的相思，無地可以安排了。王安石曾説張先的「雲破月來花弄影」，不如李冠的「朦朧淡月雲來去」。

宋祁（九九八—一零六一）

安陸（今屬湖北）人，後移居開封雍丘（今屬河南）。天聖二年（一零二四）與兄庠同舉進士。曾官翰林學士，史館修撰，與歐陽修合修《新唐書》。

玉樓春

東城漸覺風光好，縠縐波紋迎客棹。綠楊煙外曉寒輕，紅杏枝頭春意鬧。浮生長恨歡娛少，肯愛千金輕一笑？為君持酒勸斜陽，且向花間留晚照。

縠縐，織有縐紋的絲綢，這裏用來形容波紋。棹，船槳。「紅杏枝頭春意鬧」，把盛開的杏花形容得生動美妙，向稱佳句。浮生，飄忽不定的人生。肯愛，豈肯吝惜，全句意思是不惜千金買一笑。末兩句對「夕陽無限好」表示惋惜珍愛。

我順便給你們談一談一件童年的故事。我的大姑母家宅後塘邊，有一棵很大的杏樹，大概比我的年歲還大。杏花盛開時，我總每天去呆望多次，但對這美景不知怎樣形容是好。多年後，我讀到這句詞，驚喜萬分，童年的印象又活現在我的眼前了，自然還有許多美好聯想。生活不僅是文藝創作的源泉，也是文藝欣賞的源泉，希望你們牢牢記住。

歐陽修（一零零七—一零七二）

字永叔，號六一居士。廬陵（今江西吉安）人。天聖八年（一零三零）中進士。文章和詞均著名。

採桑子

春深雨過西湖好，百卉爭妍。蝶亂蜂喧，晴日催花暖欲然。　蘭橈畫舸悠悠去，疑是神仙。返照波間，水闊風高颺管弦。

全詞寫西湖景物，情在言外。百卉三句寫百花爭放，色艷如欲燃的火，蝴蝶亂舞，蜜蜂嗡嗡飛鳴，如見其形，如聞其聲，暮春景物，引人入勝。蘭橈畫舸都是美麗的遊船，船上悠遊，心情歡快，有如神仙。末兩句寫夕陽照射廣闊水面，風送來管弦樂聲，更令人心蕩神怡了。

漁家傲

花底忽聞敲兩槳，逡巡女伴來尋訪。酒盞旋將荷葉當，蓮舟蕩，時時盞裏生紅浪。　花氣酒香清廝釀，花腮酒面紅相向。醉倚綠蔭眠一餉，驚起望，船頭閣在沙灘上。

首句寫聽到槳聲；逡巡，不一會，女伴來找。三、四句寫用荷葉當酒杯，船動時酒在杯裏晃蕩，借着蓮花的光，像紅浪在波動。花腮，荷花，酒面，人臉，互相對照，也就是「荷花向臉兩邊開」，寫人美卻意在言外。小睡一會，船擱淺在沙灘上了。

長相思

花似伊，柳似伊，花柳青春人別離。低首雙淚垂。　長江東，長江西，兩岸鴛鴦兩處棲。相逢知幾時！

伊人如花似柳，但在青春美好時期，兩人離別了，不免令人傷心垂淚。這是人生常有的事，也是常人之情，寫得平易自然。下片具體寫到身居兩地，後會無期，也寫得平易自然。但語淺情深，同前一首詞對讀，似乎可以説「淡妝濃抹兩相宜」吧。

踏莎行

候館梅殘，溪橋柳細，草薰風暖搖征轡。離愁漸遠漸無窮，迢迢不斷如春水。

寸寸柔腸，盈盈粉淚，樓高莫近危欄倚。平蕪盡處是春山，行人更在春山外。

候館，旅舍。梅花殘敗，柳葉稀疏（柳細），已是暮春。草薰，草香；搖征轡，騎馬前行。下兩句寫越走遠，離愁越像春水一樣不斷。上片寫外出的人，下片寫留在家裏的女子：柔腸寸斷，熱淚盈眶。危欄，有危險的高樓欄杆，不要倚靠太近眺望，因為行人越走越遠，走完平坦的草地，還有更遠的春山，是看不到的了。行、留兩人的離愁雖然分開來寫，卻能融為一體，藝術感染力就大大加深了。

蝶戀花

庭院深深深幾許？楊柳堆煙，簾幕無重數。玉勒雕鞍遊冶處，樓高不見章台路。

雨横風狂三月暮，門掩黃昏，無計留春住。淚眼問花花不語，亂紅飛過鞦韆去。

這是寫閨怨的詞。在舊時代，富貴人家的男子多有冶遊的惡習，一般認為無可非議，實際上女子處於被奴役踐踏的地位，是十分悲慘的，詞為女子寫出怨情，還算有可取之處，但談不上正義的抗爭，因為宋代詞人也超脱不了時代的惡習。對於這一點，我們要有正確深刻的認識。

宋詞多寫愛情，但對象多為被惡習踐踏的女子，我以為我們讀詞，應當揚棄這個不幸的基礎，以現代淨觀的態度對待愛情本身，並以當代的道德規範處理愛情問題，簡單地説，尊重婦女的平等地位和權利。至於表現的藝術是我們完全可以欣賞借鑒的。

庭院深，但深到怎樣呢？下兩句似乎就是形容庭院深度的：既有許多楊柳，又有重重簾幕。主人公顯然是個富貴人家的公子。玉勒雕鞍，是勒鞍都很華貴，他騎着這樣的馬冶遊去了，因為樓高把章台路都遮得看不清了。章台路是漢長安的一條街，原為遊樂場所，以後就是歌伎聚居的地方了。下片就寫的是被留深閨的女子的情況了：暮春天氣，雨驟風狂，已夠淒清；黃昏時閨門緊閉，淒清又進一步加深；留春不住，又進一層；淚眼——問花——花不語，愁的層次又一步一步加深了，末一句就到了頂點：花由盛開到凋落，鞦韆由嬉戲到空閒了。

蝶戀花

幾日行雲何處去？忘了歸來，不道春將暮。百草千花寒食路，香車繫在誰家樹？淚眼倚樓頻獨語。雙燕來時，陌上相逢否？撩亂春愁如柳絮，依依夢裏無尋處。

詞寫懷念遠人，傷懷離別。三設問，感情逐漸深入：何處去、在誰家、相逢否？第三句就癡情畢露，頻頻自言自語的形象，也就活現在讀者的眼前了。

木蘭花

別後不知君遠近，觸目淒涼多少悶。漸行漸遠漸無書，水闊魚沉何處問。　夜深風竹敲秋韻，萬葉千聲皆是恨。故攲單枕夢中尋，夢又不成燈又燼。

這首詞也是寫別恨的。首先寫分別，不知相離遠近。次寫沒有書信，連消息也不通了。下片又進一步，連風吹竹葉，也都表達離愁別恨了。末寫想在夢中尋求安慰，但已到夜深，燈將熄滅，夢也沒有做成。離愁一層比一層更深。

浪淘沙

把酒祝東風，且共從容。垂楊紫陌洛城東，總是當時攜手處，遊遍芳叢。　聚散苦匆匆，此恨無窮。今年花勝去年紅。可惜明年花更好，知與誰同？

上片寫昔日攜手同遊之樂，首兩句欲挽春長留，三句寫同遊地點，末寫同遊情況。下片寫「人有悲歡離合」，花雖比去年開得更好，「人面不知何處去」了，昔歡更顯得今悲。末兩句說明年的事就難預料了。過去—現在—將來，三者連寫，語少而內涵豐富。

清平樂

小庭春老，碧砌紅萱草。長憶小闌閒共繞，攜手綠叢含笑。　別來音信全乖，歸期前事堪猜。門掩日斜人靜，落花愁點青苔。

春老，春天已經遲暮了，台階上的萱草發紅是一種現象。綠叢即花叢，所寫情況與前一首詞相似。下片寫全無音信，舊時相約再見的事難預料了。末兩句寫寂寞心情及周圍情況。

寫同樣事情，同樣情感，因為善於選字用詞，仍然可以給讀者一種新鮮的感覺，這首詞裏的「碧砌紅萱草」，「攜手綠叢含笑」，「落花愁點青苔」，就是如此。所以我們選讀兩首內容幾乎相同的詞，要仔細領會作者的遣詞用句，同時要識別陳詞濫調，這種情形在詞裏也是常有的。

晏幾道（生卒年代不詳）

晏殊的第七子。不踐諸貴之門，文章翰墨，自立規模，尤工樂府，有《小山集》。

臨江仙

夢後樓台高鎖，酒醒簾幕低垂。去年春恨卻來時，落花人獨立，微雨燕雙飛。

記得小蘋初見，兩重心字羅衣。琵琶弦上説相思。當時明月在，曾照彩雲歸。

頭兩句寫實景，夢後酒醒寫人，樓台高鎖，簾幕低垂，寫房屋內外。卻來，再來；這句説春天來了，愁也來了。下面兩句詩從翁宏的《宮詞》引用，把愁來時人的形象和自然界情況描寫得極好，向來為人傳誦。引別人詩入樂府是可以的，但要恰到好處，水乳交融。小蘋是歌女的名字，穿的是心字羅衣，對此有不同解釋，似以衣上繡有心字圖案為好。她善彈琵琶，很能表達愛情。末兩句寫別時明月曾照彩雲（比喻美人，指小蘋）歸去，現在明月依舊，彩雲卻沒有蹤影了。

蝶戀花

醉別西樓醒不記，春夢秋雲，聚散真容易。斜月半窗還少睡，畫屏閒展吳山翠。

衣上酒痕詩裏字，點點行行，總是淒涼意。紅燭自憐無好計，夜寒空替人垂淚。

這是一首回憶往事的詞。首句寫醉醒時記不清離開西樓的情形了，但只覺得聚散太容易了，像春夢和秋雲一樣。下面兩句寫醒後屋內的情況：斜月照着半窗，畫屏上展現着江南美景。衣上酒痕，詩裏字，都表現出淒涼的意境。紅燭雖然同情自己，卻又毫無辦法，只有在寒冷的夜裏，燭油下瀉，似替自己流淚罷了。

鷓鴣天

彩袖殷勤捧玉鍾，當年拚卻醉顏紅。舞低楊柳樓心月，歌盡桃花扇底風。　從別後，憶相逢，幾回魂夢與君同。今宵剩把銀釭照，猶恐相逢是夢中。

彩袖，穿彩色衣服的歌女，捧着精美酒杯殷勤勸酒，當年心甘情願醉酒紅臉，是回憶往事。三、四句具體寫輕歌曼舞的情形：舞到月亮低落下去，歌到手中的桃花扇不再搧動，也就是歌舞到盡興了。下片寫離別以後，多次夢到曾同歌舞的人。釭，音gāng，後為燈的同義語：剩把（盡力用）銀釭照看，還怕相逢是做夢呢。詞把聚、別、重逢的心情都寫得自然、真摯。

阮郎歸

舊香殘粉似當初，人情恨不如。一春猶有數行書，秋來書更疏。衾鳳冷，枕鴛孤，愁腸待酒舒。夢魂縱有也成虛，那堪和夢無。

首兩句説人情還不如香和粉持久，下兩句即是具體表現。衾鳳、枕鴛，即繡鳳的被和繡鴛鴦的枕頭。末兩句説想再在夢中相會，那也是假的，何況連夢也沒有呢！孤寂得可以想見了。

少年遊

離多最是，東西流水，終解兩相逢。淺情終似，行雲無定，猶到夢魂中。　可憐人意，薄於雲水，佳會更難重。細想從來，斷腸多處，不與者番同。

離別很像流水，雖分流東西，終於還會相逢。淺薄的交情像行雲，雖無定處，夢魂中還可一聚。但可惜我心上人的情意卻薄於行雲流水，佳會難再。這都是為末三句做對襯，寫法很特別。者，原為「這」的本字，現在通用「這番」「這個」了。

採桑子

秋來更覺消魂苦，小字還稀。坐想行思，怎得相看似舊時？　南樓把手憑肩處，風月應知。別後除非、夢裏時時得見伊。

首句寫秋天思念更苦，書信也更稀少了。坐着和走路時，總是想着怎樣才能和舊時一樣見面。下片回想以前相見時握手扶肩的情況，這是當時的風月可以做證的。但別後只有在夢裏常見了。

秋蕊香

池苑清陰欲就，還傍送春時候，眼中人去難歡偶，誰共一杯芳酒？　朱闌碧砌皆如舊，記攜手。有情不管別離久，情在相逢終有。

春天就要完了，池苑就會有清陰了。但是與心愛的人未能歡聚，能同誰共飲芳杯呢？以前攜手處的欄杆和台階依舊，本來易引起傷感，但轉念自慰：只要仍有感情，不管離別得多麼長久，終歸還會有歡聚的時候。

醉落魄

滿街斜月，垂鞭自唱陽關徹。斷盡柔腸思歸切，都為人人、不許多時別。　南橋昨夜風吹雪，短長亭下征塵歇。歸時定有梅堪折。欲把離愁、細捻花枝說。

街頭月斜，天色已經晚了，自己還一面揮鞭，一面唱《陽關三疊》。這時柔腸寸斷，思歸心切，都因為心愛的人不許離別的時間太長。下片寫旅途情形，暫時停歇下來了。這時想到回到家裏時，有梅花可以折了，便可細捻花枝，對伊人訴説離愁了。

王詵（生卒年代不詳）

開封人。能詩善畫。熙寧二年（一零六九）娶英宗女魏國大長公主。元豐二年（一零七九）因與蘇軾有牽連被謫放。詞清麗幽遠，為黃庭堅、周邦彥所稱道。

玉樓春

海棠

錦城春色花無數，排比笙歌留客住。輕寒輕暖夾衣天，乍雨乍晴寒食路。

花雖不語鶯能語，莫放韶光容易去。海棠開後月明前，縱有千金無買處。

錦城指成都，首兩句寫到處百花盛開，笙歌處處。下兩句寫天氣和氣候。下片寫鶯啼花叢，動靜之美和諧，在此大好時光，不要把時間浪費了。一旦海棠花謝，千金也難以買回了。

王觀（生卒年代不詳）

如皋（今江蘇縣名）人。嘉祐二年（一零五七）進士，官至翰林學士。以填應制詞失敬被謫，自號「逐客」。

卜算子

送鮑浩然之浙東

水是眼波橫，山是眉峰聚。欲問行人去那邊，眉眼盈盈處。　才始送春歸，又送君歸去。若到江南趕上春，千萬和春住。

鮑浩然，不知何人。之，往。浙東，浙江東南部，宋屬浙東路。

詞的頭兩句，用形容美女眼波眉峰的詞來形容浙東的水和山。三句說明被送的人到甚麼地方（去那邊即去哪裏），四句眉眼指山水，盈盈意為美好，即山明水秀的地方。下片囑友人若到江南趕上春天，要盡量享受春天的大好時光。

蘇軾（一零三六——一一零一）

字子瞻，號「東坡居士」，眉山（今屬四川）人。嘉祐元年（一零五六），與弟轍同中進士。他們的父親洵亦能文，世稱「三蘇」。他反對王安石變法，也不贊成司馬光盡廢新法。他仕途坎坷，屢遭貶逐，晚年還謫儋州（今海南省儋縣），後被赦北歸。病逝於常州。

水調歌頭

丙辰中秋，歡飲達旦，大醉。作此篇，兼懷子由。

明月幾時有？把酒問青天。不知天上宮闕，今夕是何年？我欲乘風歸去，又恐瓊樓玉宇，高處不勝寒。起舞弄清影，何似在人間？　轉朱閣，低綺戶，照無眠。不應有恨，何事長向別時圓？人有悲歡離合，月有陰晴圓缺，此事古難全。但願人長久，千里共嬋娟！

丙辰，熙寧九年（一零七六）。達旦，到天亮。子由是蘇軾的弟弟轍，字子由。他當時在濟南，兄蘇軾在密州，兄弟已七年不相見了。

宮闕，宮殿，闕是兩邊的樓。瓊樓玉宇，神仙所住的樓殿。怕天上太冷，受不了，因在地上伴影跳舞，彷彿不像在人間。綺户，雕花的窗户。此兩句寫月亮轉過朱閣，漸漸低落下去了。「不應有恨」兩句：月亮不應有恨（無情），為甚麼偏在人離別時圓呢？説人間不應有恨事，月在離別時常圓，也可以。末兩句祝願人常健好，雖千里遙隔，而能共賞明月（嬋娟）。宋人相信，中秋各地天氣相同，不論在甚麼地方，都能共賞明月。別人詞中也有這種意思的句子。

念奴嬌

赤壁懷古

大江東去，浪淘盡、千古風流人物。故壘西邊，人道是、三國周郎赤壁。亂石穿空，驚濤拍岸，捲起千堆雪。江山如畫，一時多少豪傑。　遙想公瑾當年，小喬初嫁了，雄姿英發，羽扇綸巾，談笑間，檣櫓灰飛煙滅。故國神遊，多情應笑我、早生華髮。人間如夢，一樽還酹江月。

故壘，舊時的營壘。周郎，吳的周瑜。郎為尊稱。赤壁，作者所遊所寫的赤壁，一名赤鼻磯，在黃州城外，三國赤壁之戰在嘉魚縣，二者不同。作者也曾說過，他所謂赤壁，「或曰非也」。千堆雪，形容浪花。上片主要寫赤壁和人事滄桑。下片公瑾，即周瑜；小喬，喬是姓，姊妹二人皆國色，小喬嫁了周瑜。英發，擅長辭令。羽扇，羽毛扇，綸（讀 guān）巾，絲帛做的便帽，都是便服，不是戎裝，都是形容周瑜的。下面說檣櫓，指曹操方面的戰船，頃刻間就被燒光了。故國，指舊戰場；神遊，心神嚮往。多情兩句的意思是：應笑我多情，早生華髮（灰白的頭髮）。自笑人笑，含蓄而未明說。酹（讀 lèi），以酒倒地祭奠。

這首詞是蘇軾在元豐五年（一零八二）作的，時在謫地黃州。以史抒懷，悲愴而又豪放，是蘇軾有代表性的作品之一。

臨江仙

夜飲東坡醒復醉，歸來彷彿三更。家童鼻息已雷鳴，敲門都不應，倚杖聽江聲。

長恨此身非我有，何時忘卻營營？夜闌風靜縠紋平，小舟從此逝，江海寄餘生。

東坡，是地名，蘇軾用作自己的號。這時蘇軾在黃州，在東坡建築雪堂。詞題《夜歸臨皋》（臨皋為江邊的另一地名），大概雪堂尚未建好，故去臨皋夜宿。詞上片寫在那裏醉酒的情形：倚杖聽江聲，可見詩人的瀟灑風度。下片抒情。嘆自己身非己有，因謫居有罪，不能自由。營營，過亂糟糟的生活。願夜深風平浪靜，乘小船到江海上度過餘生。

鷓鴣天

林斷山明竹隱牆，亂蟬衰草小池塘。翻空白鳥時時見，照水紅蕖細細香。　村舍外，古城旁，杖藜徐步轉斜陽。殷勤昨夜三更雨，又得浮生一日涼。

首句寫樹林遮不斷遠山，而竹子卻把牆遮住了。亂蟬，秋蟬聲亂鳴。翻空白鳥，白鷺在天空飛舞，紅蓮映水發香。下片寫詩人在斜陽下扶手杖緩步，感到昨夜下雨，天氣涼爽了，心情暢快。詩意清新。

浣溪沙

麻葉層層苘葉光，誰家煮繭一村香。隔籬嬌語絡絲娘。　垂白杖藜抬醉眼，捋青搗麨軟飢腸，問言豆葉幾時黃。

苘（讀qǐng），麻的一種，也叫白麻。煮繭，蠶繭放在開水內煮。絡絲娘，是一種鳴蟲，亦稱紡織娘，這裏指繅絲的女郎，她們隔着籬笆說話。垂白，鬚髮斑白的老人；杖藜，扶藜莖的手杖。捋（讀luō）青，摘取新麥；搗麨（讀chǎo），將麥炒熟搗成粉。軟飢腸，古有「軟腳」一詞，意表慰勞，所以這三個字有略慰飢腸之意。這裏可以看出詩人有憐惜貧苦農民的心情。所以末句問「豆葉幾時黃」，既表慰問，也表希望豐收。

宋詞寫生產勞動的多為採蓮採菱，並總與青年男女愛情聯繫，像這首詞寫煮繭收麥，是罕見的，所以生僻的字雖多，我還是選給你們一讀。煮繭收莊稼我都多次見到過，比你們讀起來，覺得親切多了。

賀新郎

乳燕飛華屋，悄無人，桐陰轉午，晚涼新浴。手弄生綃白團扇，扇手一時似玉。漸困倚，孤眠清熟，簾外誰來推繡戶？枉教人，夢斷瑤台曲。又卻是，風敲竹。石榴半吐紅巾蹙，待浮花浪蕊都盡，伴君幽獨。穠艷一枝細看取，芳意千重似束。又恐被、秋風驚綠，若待得君來向此，花前對酒不忍觸。共粉淚，兩簌簌。

乳燕，小燕子；飛華屋，在華美的房屋中學飛。桐陰轉午，從桐樹的影子看到時間已到午後了。生綃白團扇，用生絲製作的白團扇。簾外誰來……風敲竹，以為有誰來，其實並無人來，而是風吹竹聲。瑤台，傳說中仙人的住處，曲，又深又曲的地方。紅巾，比喻石榴花，此句意為石榴花半開。浮花浪蕊都盡，桃杏等花都已凋謝，只有石榴花和幽獨的人做伴了。穠艷兩句是形容盛開的色艷石榴花的。又恐句意為秋風一起，不僅萬紫千紅的花凋謝，連萬綠（指葉）也要消失了。若，有假設的意思，假如君（指遠人）那時前來，就不忍在花前對飲，而要雙雙流淚了。

蝶戀花

花褪殘紅青杏小，燕子飛時，綠水人家繞。枝上柳棉吹又少，天涯何處無芳草。

牆裏鞦韆牆外道，牆外行人，牆裏佳人笑。笑漸不聞聲漸杳，多情卻被無情惱。

詞寫晚春時節一個生活片斷。花褪殘紅，花凋落了，而青杏還小。柳棉，即柳絮，及下句都寫春色已晚。下片寫在牆外行走時，聽到牆內有人打鞦韆說笑，動了愛慕的心。牆內人笑語聲停止了，似乎無情，牆外的多情人卻感到煩惱了。

江城子

乙卯正月二十日夜記夢

十年生死兩茫茫，不思量，自難忘。千里孤墳，無處話淒涼。縱使相逢應不識，塵滿面，鬢如霜。

夜來幽夢忽還鄉，小軒窗，正梳妝。相顧無言，惟有淚千行。

料得年年斷腸處，明月夜，短松岡。

乙卯是熙寧八年（一零七五），蘇軾在密州（今山東諸城縣），他的妻子王弗，死去整十年。兩茫茫，彼此不通消息。王弗葬在四川彭山縣，所以説千里孤墳，無法憑弔。下片寫做夢還鄉的情況。短松岡，指妻子埋葬的地方。蘇軾不寫艷情詩，但從這首詞看來，他對妻子的感情是深厚真摯的。

江城子

密州出獵

老夫聊發少年狂，左牽黃，右擎蒼，錦帽貂裘，千騎卷平岡。為報傾城隨太守，親射虎，看孫郎。酒酣胸膽尚開張，鬢微霜，又何妨，持節雲中，何日遣馮唐？會挽雕弓如滿月，西北望，射天狼。

左牽黃，右擎蒼，左手牽着黃狗，右臂擎着蒼鷹。錦帽貂裘是獵裝，千騎，千匹馬。傾城是萬人空巷，隨太守（蘇軾當時是密州太守）出獵。親射虎，看孫郎，用三國時吳孫權射虎的故事，作者以孫權自比，正是少年狂的姿態。酒酣三句是首句的具體補充。持節兩句，先講節是竹竿做的，使者拿着它作為信號，傳達命令。這裏也牽涉一段歷史故事。

《史記》記載，漢文帝派馮唐持節赦魏尚，恢復他的官職。兩句合起來的意思是：哪一天皇帝會派馮唐這樣的人持節前來，赦免自己並任以官職，以便像末句所說的立功呢？天狼，狼星，古代天文學家認為主侵掠，不祥之兆，這時西夏正侵擾宋朝，地又在西北方，似乎有去邊疆立武功的意思。

順便說一下，首句作者自稱「老夫」，其實那時他不過三十九歲，只剛到中年。古時詩人有嘆老的習性，不時在詩詞中透露出來，你們了解這一點就可以了。「人生七十古來稀」嘛，那時人不如現在壽長。

李之儀（一零三八—一一一七）

滄州無棣（今山東縣名）人。宋神宗時舉進士。曾在定州蘇軾幕府中任職。徽宗初年，以文章獲罪。晚年住在當塗。自號「姑溪居士」，著有《姑溪詞》。

卜算子

我住長江頭，君住長江尾，日日思君不見君，共飲長江水。　此水幾時休？此恨何時已？只願君心似我心，定不負，相思意。

完全是民歌格調，清新自然。顧敻的《訴衷情》中有這樣三句：「換我心，為你心，始知相憶深。」意與末兩句相似。

清平樂

仙家庭院，紅日看看晚。一朵梅花挨枕畔，玉指幾回拈看。　擁衾不比尋常，天涯無限思量。看了又還重嗅，分明不為清香。

一個生活細節，寫出無限情思，語淺情深，耐人尋味。

黃庭堅（一零四五—一一零五）

洪州分寧（今江西修水縣）人。治平四年（一零六七）舉進士。晚年兩遭貶謫，卒於宜州（今屬廣西）。與張耒、晁補之、秦觀共稱為蘇（軾）門四學士。尤長於詩。稱「蘇黃」，世稱「江西詩派之祖」。陳後山以之與秦觀共稱「秦七、黃九」。

水調歌頭

瑤草一何碧，春入武陵溪。溪上桃花無數，花上有黃鸝。我欲穿花尋路，直入白雲深處，浩氣展虹霓。只恐花深裏，紅露濕人衣。　坐玉石，攲玉枕，拂金徽。謫仙何處？無人伴我白螺杯。我為靈芝仙草，不為朱唇丹臉，長嘯亦何為！醉舞下山去，明月逐人歸。

仙草何等碧綠呵，春天到武陵溪遊玩。這裏武陵溪並非實際的地方，只是暗示陶淵明在《桃花源記》中所寫的世外桃源。下兩句寫這個地方的實景：無數桃花盛開，花叢中還有黃鸝歌唱。這是遠隔塵寰，鳥語花香的仙境似的地方，把瑤草生地進一步形象化了。這景物引起詞人脫離塵寰，直上白雲深處，一展彩虹似的浩氣和幻想。但一轉念，又有了蘇軾的「又恐瓊樓玉宇，高處不勝寒」的情緒，也就是沒有完全拋棄人間的意思。所以「只恐花深處，紅露濕人衣」。下片寫自己倚坐在潔白如玉的石上，彈琴自娛。謫仙指李白，沒有他用白螺殼杯同飲，又覺得人間寂寞，言外自然有不滿之意。下面的「靈芝仙草」，代表世外桃源中的美好事物；「朱唇丹臉」代表醇酒婦人，也就是人間塵俗的一切，徒自長嘯，有甚麼用處呢！因此明月逐我，醉舞下山去了。

清平樂

春歸何處？寂寞無行路。若有人知春去處，喚取歸來同住。　　春無蹤跡誰知？除非問取黃鸝。百囀無人能解，因風飛過薔薇。

無行路，見不到春的行蹤。囀，婉轉鳴叫，聲音好聽，但不解其意。因風，隨着風。為甚麼要問黃鸝呢？有這麼一個故事，或者可以説明意義。有個戴顒，帶着柑和酒外出，有人問他到甚麼地方去，他説去聽黃鸝，因為它的鳴聲既可砭責俗人的耳朵，也可以引起詩興。

江城子

畫堂高會酒闌珊。倚闌干，霎時間。千里關山，常恨見伊難。及至而今相見了，依舊似，隔關山。　倩人傳語問平安。省愁煩，淚休彈，哭損眼兒不似舊時單。尋得石榴雙葉子，憑寄與，插雲鬟。

畫堂酒酣，倚闌干霎時一見，便對伊有情，恨關山遙隔難見。等到再見，仍舊覺得像關山遙隔，而伊人未必有同感。因此，只好倩人傳語代問平安，但不要愁煩彈淚，哭壞了眼睛，因為還在單獨想着，且再寄去石榴雙葉，希望她插戴髮上吧。

好女兒

春去幾時還？問桃李無言。燕子歸棲風勁，梨雪滿西園。　　惟有月嬋娟。似人人、難近如天。願教清影常相見，更乞取團圓。

　　風勁，風力大，所以燕子歸巢。梨雪滿西園，西園地上落滿衰謝的梨花。月亮美好，遠在天上，伊人像月難以接近。願能常見月亮清影（借指伊人），更求能夠團圓（相愛）。

晁端禮（一零四六—一一一三）

一作元禮，鉅野（今山東巨野）人。熙寧六年（一零七三）舉進士，曾任過縣令。

安公子

漸漸東風暖，杏梢梅萼紅深淺。正好花前攜素手，卻雲飛雨散。是即是，從來好事多磨難。就中我與你才相見，便世間煩惱、受了千千萬萬。　回首空腸斷，甚時與你同歡宴？但使人心長在了，管天須開眼。又只恐、日疏日遠衷腸變，便忘了當本深深願。待寄封書去，更與丁寧一遍。

上詞基本上是用口語寫的，在詩詞中罕見。唐朝有一位詩人王梵志，用口語寫了很多首詩，有些富於幽默、諷刺。我給你們舉一個例子：「我有一個方便，價值百匹練。相打長伏弱，至死不入縣。」打架寧肯自己吃虧，也不到衙門裏打官司，衙門裏的情形，不就可想而知了嗎？這詞的內容是普通人的普通感情，所以也頗自然。

李元膺（生卒年代不詳）

東平（今屬山東）人。只知約一零九六年前後在世。

茶瓶兒

悼亡

去年相逢深院宇，海棠下，曾歌《金縷》，歌罷花如雨。翠羅衫上，點點紅無數。今歲重尋攜手處，空物是人非春暮。回首青門路，亂紅飛絮，相逐東風去。

上片寫攜手同歌的歡樂。《金縷》，曲名：「勸君莫惜金縷衣，勸君惜取少年時。」你們曾經讀過的。下片寫物是人非，又是暮春時候，只見落花飛絮了。

秦觀（一零四九—一一零零）

字少游，號「淮海居士」。高郵（今屬江蘇）人。元豐八年（一零八五）進士。以蘇軾推薦，曾任太學博士兼國史編修官。曾遭貶謫，又被召回。卒於藤州（今屬廣西）。

滿庭芳

山抹微雲，天連衰草。畫角聲斷譙門。暫停征棹，聊共引離尊。多少蓬萊舊事，空回首，煙靄紛紛。斜陽外，寒鴉數點，流水繞孤村。　銷魂。當此際，香囊暗解，羅帶輕分，漫贏得青樓薄幸名存。此去何時見也？襟袖上空染啼痕。傷情處，高城望斷，燈火已黃昏。

首兩句寫山上塗抹上縷縷浮雲，枯草在遠處彷彿黏在天上，天色寫得細緻。畫角，號角；譙門，彩繪的城樓門角聲已停，表示天已晚了。接着寫把船暫停住，共長時間喝送別的酒。蓬萊原為海上仙島，這裏只說回想起過去的歡樂，空回首，想也白想了，因而轉目外望，下面幾句的描寫是很出色的。隋煬帝有斷句：「寒鴉飛數點，流水繞孤村。」此詞似借用詩句。下片香囊暗解，指離別時贈香囊做紀念；羅帶，即絲帶，古時相結表示相愛，分開則表示離別之意。「漫贏得青樓薄幸名存」自然會使人想到杜牧的詩句：「十年一覺揚州夢，贏得青樓薄幸名。」這是多少世紀的時代惡習，是古典詩詞中應當揚棄的糟粕，我還選給你們讀，只是潑洗澡水不能把嬰兒也一同潑出去之意耳。

秦觀因此詞首句，被蘇東坡稱為：「山抹微雲秦學士」與「露花倒影柳屯田」相對。「露花倒影」係柳永《破陣子》詞中句。

江城子

西城楊柳弄春柔，動離憂，淚難收。猶記多情曾為繫歸舟。碧野朱橋當日事，人不見，水空流。　韶華不為少年留，恨悠悠，幾時休？飛絮落花時候一登樓。便做春江都是淚，流不盡，許多愁。

首句寫楊柳被春風吹動，姿態輕柔。外出回來，多情人為繫歸舟，情景多麼宜人。現在碧色田野和朱色小橋依然如舊，卻不見多情人了，水也白白流動，不如繫舟時動人了。下片寫美好時光（韶華）飛逝，離愁無窮。絮飛花落，已是暮春，登樓一望，覺得滿江春水都是流不盡的眼淚。

鵲橋仙

柔

纖雲弄巧，飛星傳恨，銀漢迢迢暗度。金風玉露一相逢，便勝卻人間無數。柔情似水，佳期如夢，忍顧鵲橋歸路？兩情若是久長時，又豈在朝朝暮暮。

纖雲指秋天的薄雲，弄巧指它多彩善變；飛星應是指牽牛、織女星；傳恨，指長時離別之恨。相傳牛郎織女相愛，觸怒王母娘娘，把他們用銀河分開，每年七月七日夜，才能過鵲橋一會。金風，秋風；玉露，露珠；代表二人，一相會，便勝過人間無數次會晤，表示他們愛情的深篤。下片前三句形容他們的恩愛，自然也有惜別情緒；忍顧是不忍回顧要歸去所走的鵲橋。

以牛郎織女的故事寫詩詞的人很多，此詞寫一年一會，勝過平常的朝夕相處，很有新意。神仙天長地久，「人生七十古來稀」也是「勝卻人間無數」。

踏莎行

郴州旅舍

霧失樓台，月迷津渡，桃源望斷無尋處。可堪孤館閉春寒，杜鵑聲裏斜陽暮。

驛寄梅花，魚傳尺素，砌成此恨無重數。郴江幸自繞郴山，為誰流下瀟湘去。

郴州，今湖南郴縣。首句意為霧遮住了樓台，次句意為月色不明，看不清渡口。桃源既可指桃花源，理想的勝地，也可指作者北望故鄉，有了鄉愁。可堪兩句寫獨居孤館，耐着春寒，日近黃昏，又聽到杜鵑鳴聲，而這種鳴聲常引起人的鄉思，情景淒清。下片「驛寄梅花」，有一段很美的故事，我給你們講講吧。吳陸凱同范曄是很要好的朋友，有一天吳折得一枝梅花，託驛站的人代送給范曄，並附贈一首詩：「折梅逢驛使，寄與隴頭人。江南無所有，聊贈一枝春。」以後傳為友誼佳話。尺素是書信，外封多作鯉魚形，破魚可以看到信。砌，堆積起來。郴江，在郴州，流入湘水。幸自，本來。瀟湘，湘水流向北方，到零陵同瀟水會合，稱瀟湘。詞的末兩句大意是：郴江原是繞着離郴州不遠的郴山流的，為甚麼要流向遠處的瀟湘呢？作者當時被貶謫到郴州，心情苦悶，嘆自己困在郴州，不能像郴江一樣向遠處暢流。

浣溪沙

漠漠輕寒上小樓，曉陰無賴似窮秋。淡煙流水畫屏幽。　自在飛花輕似夢，無邊絲雨細如愁，寶簾閒掛小銀鈎。

輕寒遠遠地侵入小樓，早晨天又陰，令人無可奈何，好像已經是晚秋了。淡煙流水是屏風上的景色。落花似夢，細雨如愁，寫物也就表現了人的愁思，比直寫更有詩意。末句是用小銀鈎掛起門簾，也是用外在動作表現內心寂寞。

南歌子

贈陶心兒

香墨彎彎畫，燕脂淡淡勻，揉藍衫子杏黃裙，獨倚玉闌無語，點檀唇。　　人去空流水，花飛半掩門。亂山何處覓行雲？又是一鈎新月、照黃昏。

首句寫畫眉，二句寫敷脂粉，三句寫服裝。檀為赭紅色，作為口紅，點在唇間，最為明顯。上片只寫美女。下片寫人去如流水，無處尋覓，只有新月照着黃昏，寂寞離愁自在言外。

行香子

樹繞村莊，水滿陂塘。倚東風，豪興徜徉。小園幾許，收盡春光。有桃花紅，李花白，菜花黃。　　遠遠苔牆，隱隱茅堂。颺青旗，流水橋傍。偶然乘興，步過東岡。正鶯兒啼，燕兒舞，蝶兒忙。

詞寫生活環境和生活情趣，如臨其境，如見其人。

好事近

夢中作

春路雨添花，花動一山春色。行到小溪深處，有黃鸝千百。　飛雲當面化龍蛇，夭矯轉空碧。醉臥古藤陰下，了不知南北。

路上的花，因下雨生長得更為茂盛了，花被風吹動，春色滿山。走到小溪水深處，還有千百隻黃鸝，景色更加美麗。仰望天空，浮雲似龍似蛇，千變萬化，浮雲飛去後，天空卻變成了碧色。末句寫醉臥藤下，不知天南地北了。夢境寫得十分出色。

趙令時（一零六一—一一三四）

宋太祖次子燕王德昭玄孫。蘇軾為改字德麟，自號「聊復翁」。蘇軾推薦他任官職，軾貶，他被處罰金。

菩薩蠻

輕鷗欲下春塘浴，雙雙飛破春煙綠。兩岸野薔薇，翠籠薰繡衣。　憑船閒弄水，中有相思意。憶得去年時，水邊初別離。

海鷗想下水塘洗浴，雙雙穿過春煙飛舞，輕、春、飛破、綠，都用字巧妙。

上片實寫水邊初別情況。下片划船弄水，引起相思，憶起去年舊事，就情景交融了。

賀鑄（一零五二—一一二五）

字方回，衛州（今屬河南）人。他自說是唐詩人賀知章的後代。家藏書萬餘卷，手自校讎，無一字誤。黃庭堅詩：「解道當年斷腸句，只今惟有賀方回。」又因青玉案詞有「梅子黃時雨」，人稱為「賀梅子」。

青玉案

凌波不過橫塘路，但目送、芳塵去。錦瑟華年誰與度？月台花榭，瑣窗朱戶，只有春知處。　碧雲冉冉蘅皋暮，彩筆新題斷腸句。試問閒愁都幾許？一川煙草，滿城風絮，梅子黃時雨。

詞寫同美人離別。凌波形容女子的行路姿態。橫塘，在姑蘇城外十餘里，賀鑄小築所在的地方名。目送芳塵去，眼看着她行時腳下引起的塵土越離越遠。

錦瑟原為樂器，以它比喻美好的青春，與誰共度，同甚麼人同度呢？月台，賞月的平台；花榭，花房；瑣窗朱户，雕花的窗，朱漆的門；只有春知處，別人不知也不會到。冉冉，流動貌；蘅皋，香草之澤，即水邊風景美好的地方。末句以遍地衰草、滿城柳絮、梅雨等形象地形容閒愁。

西江月

攜手看花深徑，扶肩待月斜廊。臨分少佇已悵悵，此段不堪回想。　欲寄書如天遠，難銷夜似年長。小窗風雨碎人腸，更在孤舟枕上。

這詞也是寫離愁別恨的，先寫看花待月，分手時已感悵悵，分後已不堪回首了。下片深入一步，覺得夜長似年，孤舟風雨之夜不能入睡。

憶秦娥

曉朦朦，前溪百鳥啼匆匆。啼匆匆，凌波人去，拜月樓空。　去年今日東門東，鮮妝輝映桃花紅。桃花紅，吹開吹落，一任東風。

這詞也是寫離愁的，只是情景與前一首略有不同。離愁的情景本來千變萬化，所以詞中反覆寫得很多，當然不能首首都寫得出色。

石州引

薄雨初寒，斜照弄晴，春意空闊。長亭柳色才黃，遠客一枝先折。煙橫水際，映帶幾點歸鴉，東風銷盡龍沙雪。還記出關來，恰而今時節。　將發。畫樓芳酒，紅淚清歌，頓成輕別。已是經年，杳杳音塵多絕。欲知方寸，共有幾許清愁，芭蕉不展丁香結。枉望斷天涯，兩厭厭風月。

微雨天剛剛有點冷，傍晚天晴，有了斜陽，遠近都充滿了春意。驛站柳色才黃，遠客折柳話別。下幾句寫出關正是在這時節，當時的景色是：水邊有朦朧煙霧，霧中有幾隻歸鴉，邊遠地區的雪已經化完了。下片寫別時情景，別已經年，而音信杳杳，引李商隱詩句「芭蕉不展丁香結」形容自己的離愁。

下面我們只當一個故事講講吧。宋代吳曾寫了一本《能改齋漫錄》，書中記：「方回（即賀鑄）戀一姝（女郎），別久，姝寄詩云：『獨倚危闌淚滿衿，小園春色懶追尋。深思縱似丁香結，難展芭蕉一寸心。』賀因賦此詞，先敘分別時景色，後用所寄詩語有『芭蕉不展丁香結』之句。」這類逸聞多半是不可靠的，我姑妄言之，你們也就姑妄聽之吧。

你們為啥有點愁眉不展呀？這個愁眉不展，你們容易懂，因為學校作業太難太多，考試看不清意思，答不上來，你們都會愁眉不展。芭蕉和丁香同愁有甚麼相干呢？我給你們解釋一下吧。

唐朝詩人張說的《戲草樹》詩中有這樣兩句：「戲問芭蕉葉，何愁心不開。」所以芭蕉不展就代表心裏有愁的意思了。南唐詞人李璟寫過一首《浣溪沙》，其中有一句：「丁香空結雨中愁」，所以「丁香結」也就表示愁了。

鷓鴣天

重過閶門萬事非，同來何事不同歸？梧桐半死清霜後，頭白鴛鴦失伴飛。　原上草，露初晞，舊棲新壟兩依依。空床臥聽南窗雨，誰復挑燈夜補衣？

閶門，蘇州西北的城門。梧桐半死，比喻喪失配偶，下句也就做了解釋了，因為鴛鴦向指夫妻，失伴就是喪偶了。梧桐半死的意思，像芭蕉丁香一樣，還要多解釋幾句才明白。枚乘寫的《七發》中，有這樣一句：「龍門之桐……其根半死半生。」庾信《枯桐賦》中有一句「桐何為而半死」。二者都是比喻喪失配偶的。他們都是古代作賦的文人。在唐人詩中，就有詩句：「半死梧桐老病身。」下片露初晞即露水剛乾；舊棲，舊時同住的屋；新壟，死者的新墳；兩依依，二者都令人懷念。最後寫一句家常事，感情就表現得更為真摯、親切近人了。

仲殊（生卒年代不詳）

原姓張名揮，安州（今湖北安陸）人，曾中進士，後棄家為僧，居杭州吳山寶月寺，東坡常與之遊。崇寧中，忽上堂辭眾，晚自縊身亡。名家選詞中多稱「僧揮」。

踏莎行

濃潤侵衣，暗香飄砌，雨中花色添憔悴。鳳鞋濕透立多時，不言不語厭厭地。

眉上新愁，手中文字，因何不倩鱗鴻寄？想伊只訴薄情人，官中誰管閒公事！

濃重的潮濕氣侵入衣服，台階上飄着不知哪裏傳來的香味，雨中花的顏色顯得有點衰敗了。一個女子鞋濕透了，還在水裏站立很久，無精打采地不言不語。她愁眉苦臉，手裏拿着寫好的文字，為甚麼不託魚雁寄出呢？想來她是要控訴薄情人，但衙門裏有誰管這等閒事！被薄情人遺棄的女子無處申訴的可悲情況，寫得平易近人。

晁補之（一零五三—一一一零）

濟州鉅野（今山東巨野縣）人。元豐二年（一零七九），舉進士。蘇軾門下四學士之一。受貶謫，歸隱東皋。有《琴趣外篇》六卷，自稱「詞之佳者，未必不如秦七、黃九」。

鹽角兒

亳社觀梅

開時似雪，謝時似雪，花中奇絕。香非在蕊，香非在萼，骨中香徹。　佔溪風，留溪月，堪羞損、山桃如血。直饒更、疏疏淡淡，終有一番情別。

社，祭祀土地神之廟；在亳，因名亳社。上片寫梅的色與香。下片寫梅佔領風月，使色艷的山桃羞愧。末幾句寫梅的品格高超。

生查子

夜飲別佳人，梅小猶飄雪。忍淚一春愁，過卻花時節。　相見話相思，重與臨風月。休似那回時，無事還輕別。

別後始知離別苦，情思纏綿。再見相約不再輕別。

周邦彥（一零五六—一一二一）

錢塘人，字美成。少即英雋有才。元豐二年（一零七九）入都為太學生。四年後獻《汴都賦》歌頌汴京及新法。司馬光舊黨執政，遭廢黜。哲宗、徽宗朝政治上又較為順利。卒於南京（今河南商丘）。好音樂，能自度曲。

少年遊

并刀如水，吳鹽勝雪，纖指破新橙。錦幄初溫，獸煙不斷，相對坐吹笙。　　低聲問：向誰行宿？城上已三更，馬滑霜濃，不如休去，直是少人行。

并刀，并州在今山西太原一帶，以刀剪著名。如水，形容刀光閃亮如水，極為鋒利。吳鹽，吳地產的鹽；勝雪，比雪還白。橙味酸，以鹽減其酸味。錦幄，錦帳。獸煙，獸形爐內熏香的煙。下片挽留不走。

這首詞寫景富於詩的聯想，如首句使人想起杜甫的詩句：「焉得并州快剪刀，剪取吳淞半江水。」（《戲題王宰畫山水圖歌》）第二句使人想起李白的詩句：「玉盤楊梅為君設，吳鹽如花皎如雪。」（《梁園吟》）這就為全詞創造出了詩的氣氛，淨化、美化了要寫的事件和人物。下面的幾句描寫，同這種氣氛是完全和諧一致的。下片只寫女子的幾句話，真是溫情脈脈，體貼入微，一副溫文爾雅的姿態。我們知道，照當時的習俗，這女子只是一個有名的歌伎，宋徽宗還幸其家，但她的形象被描繪成出污泥而不染的白蓮。這就是藝術的昇華作用。

玉樓春

桃溪不作從容住，秋藕絕來無續處。當時相候赤闌橋，今日獨尋黃葉路。　煙中列岫青無數，雁背夕陽紅欲暮。人如風後入江雲，情似雨餘黏地絮。

關於桃溪，先給你們講一個故事吧。劉晨和阮肇兩個人同到天台山遊玩，山上有桃花，山下有溪水，風景是很美麗的。他們看到溪邊有兩位美貌女郎，交談後，他們在山上住了半年，才下山回去。到了家鄉，房屋完全變樣了，原來的親友，一個也找不到了。好不容易才找到一位七世孫，才知道傳說他們上山以後迷了路，一直沒有再回來，人們以為他們早死了。（劉義慶《幽明錄》）有些書雖然把這首詞題為《天台》，但看內容並不是詠天台這段故事，而是寫自己的生活。

首句桃溪並非地名，只是借用這個故事，寫曾與情人同住的地方，全句意思是沒有在這個地方從容久住。第二句以秋藕絕比喻二人關係斷了，不是像俗語所説，藕斷絲連，而是無續處了。第三句與第一句聯，回憶在橋上等候相會，赤色的闌干，使人感到歡樂。第四句與第二句聯，寫目前，只能獨尋了，黃葉自然表示秋，也有淒涼的意思。但《絕妙詞選》第三句作「當時無奈鳥聲哀」，那就二三四句連成一氣，都表示淒涼了。

下片前兩句接着寫景，也就是獨尋所見，為末兩句抒情做了準備。看到的是煙霞中無數青山，欲暮的紅日下一群飛雁。這使讀者會想到：「平蕪盡處是青山，行人更在青山外。」「鴻雁在雲魚在水，惆悵此情難寄。」末兩句寫昔日的情人像雲一樣被風吹走不見了，自己呢？心情卻像雨後黏在地上的柳絮了。

全詞（八句，每兩句均對襯）結構工整而靈活，用詞的對比（赤闌橋、黃葉路、列岫青、夕陽紅）也極精巧，文學聯想尤使內涵豐富多彩。

夜遊宮

葉下斜陽照水，卷輕浪，沉沉千里。橋上酸風射眸子，立多時，看黃昏，燈火市。

古屋寒窗底，聽幾片、井桐飛墜。不戀單衾再三起，有誰知、為蕭娘、書一紙。

上片寫景及黃昏時活動：樹葉下斜陽照耀着水面，細浪滾滾千里，人立在橋上看黃昏時的城市燈火。酸風射眸子的滋味，沒有經驗過是寫不出的，我確知這個細節寫得十分真實，增加了親切感。下片寫夜間聽梧桐落葉，不眠的心情就表達出來了，末句說出原因，原來因為情人（蕭娘泛稱）沒有來信。

鶴沖天

梅雨霽，暑風和，高柳亂蟬多。小園台榭遠池波，魚戲動新荷。　薄紗廚，輕羽扇，枕冷簟涼深院。此時情緒此時天，無事小神仙。

天氣清和，亭園幽靜，蟬鳴柳杪，魚戲新荷，枕冷蓆涼，手搖羽扇，真是神仙境界。

蘇幕遮

燎沉香，消溽暑。鳥雀呼晴，侵曉窺簷語。葉上初陽乾宿雨，水面清圓，一一風荷舉。故鄉遙，何日去？家住吳門，久作長安旅。五月漁郎相憶否？小楫輕舟，夢入芙蓉浦。

詞寫鄉思。沉香，一種香木材，燃燒發出香味。溽暑，潮濕而炎熱。三四句寫彷彿鳥雀破曉時在檐下鳴叫，也歡呼天晴了。下面寫初出太陽已使葉上昨夜的雨乾了，池水清澈，荷花在風中直立起來了。下片描寫鄉愁。作者是錢塘人，家在舊吳國屬地，今浙江省。長安借指都城汴京。漁郎，以前一同垂釣的伴侶，現在還記着我嗎？我還做夢，乘着小船在荷花塘裏遊玩呢。

點絳唇

台上披襟，快風一瞬收殘雨。柳絲輕舉，蛛網黏飛絮。　極目平蕪，應是春歸處。愁凝佇。楚歌聲苦，村落黃昏鼓。

惜春歸去，主要以景表情。末插入一個細節，同愁懷不展，久久站在那裏，向青草平原遠處看望，尋覓春的歸處，還是和諧一致的。

李新（生卒年代不詳）

仙井（今四川仁壽）人。元祐三年（一零八八）進士。

臨江仙

楊柳梢頭春色重，紫騮嘶入殘花。香風滿面日西斜。只知閒信馬，不覺誤隨車。

已許洞天歸路晚，空勞眼惜眉憐。幾回偷為擲花鈿。今生應已過，重結後來緣。

紫騮，騎的紫色馬。上片寫讓馬信步前跑，沒有追隨女子的車。下片說女子雖眉目傳情，自己也拋去髮上裝飾品，都已無用，只好期待再生緣份了。

魯迅先生寫過一篇《唐朝的釘梢》，說唐代詞人張泌所寫一首《浣溪沙》，實際就是上海當代所謂釘梢的情況。我為你們選講了這首詞，不過想使你們了解一點時代的生活方式和習慣，對了解文藝有點用處。上面李新這首詞寫的實際也就是這個內容，可見宋朝也此風不改。我曾經給你們説過，以前歷代都有宿娼惡習，宋詞所寫的女子多為歌伎，但這些時代的犧牲者有比較高的文化修養，能歌善舞，往往也有很好的品格，如周邦彥在《少年遊》中所寫。我們不讀宋詞則已，讀就難免要讀些此類作品。

我們讀這類文學作品，第一要嚴格把它們同色情下流的文字分開。第二要對愛情持淨觀態度，認為是人性中純潔而正當的感情。第三要從自己做起，使兩性交際有正當的道德規範、文雅的方式、健康的身心幾方面的平衡發展，進而改進社會風氣。

浣溪沙

雨霽籠山碧破賒，小園圍屋粉牆斜，朱門閒掩那人家。　素腕撥香臨寶砌，層波窺客擘輕紗。隔窗隱隱見簪花。

上片寫「那人家」：雨霽山碧，歪斜粉牆圍着有小園的房屋，紅漆門掩閉着。下片寫「那人」：站在台階上以手撥花，眼睛看着外面的人，從窗外隱隱約約可以看見她在向頭髮裏插花。

曹組（一一二五年左右在世）

陽翟（今屬河南）人。宣和三年（一一二一）進士。他的詞在北宋末很流行，但他的《箕潁集》已佚，現尚有輯本《箕潁詞》。

卜算子

蘭

松竹翠蘿寒，遲日江山暮。幽徑無人獨自芳，此恨憑誰訴？　似共梅花語，尚有尋芳侶。着意聞時不肯香，香在無心處。

這首詞又見辛棄疾的《稼軒詞》。但「憑誰訴」作「知無數」；「似」作「只」；「尚有尋芳侶」作「懶逐游絲去」；「聞時」作「尋春」；「無心處」作「無尋處」。蘭花往往生於幽谷，自開自謝，無人觀賞，向誰訴說這種恨事呢？下片説蘭似向梅花訴説，它還有人去尋訪呢，不像自己寂寞。這使人想到杜甫的詩句：「巡檐索共梅花笑。」着意，有意聞不到香，無心卻聞到香味，也就是「無人獨自芳」的意思。

品令

乍寂寞，簾櫳靜，夜久寒生羅幕。窗兒外、有個梧桐樹，早一葉、兩葉落。　獨倚屏山欲寐，月轉驚飛烏鵲。促織兒、聲響雖不大，敢教賢、睡不着。

剛剛感覺到寂寞，又室靜寒生，窗外梧桐落葉報秋，自然寂寞之感就加深了。獨自倚靠着屏風想睡，月移驚飛烏鵲，自然睡不着了。何況促織鳴聲雖小，正鬧得您（賢，第二人之敬稱）睡不着覺。把不眠寂寞感逐步加深，寫得十分自然。

蘇過（一零七二—一一二三）

蘇軾之子，時稱「小坡」，自號「斜川居士」。

點絳唇

新月娟娟，夜寒江靜山銜斗。起來搔首，梅影橫窗瘦。　好個霜天，閒卻傳杯手。君知否，亂鴉啼後，歸興濃於酒。

關於這首詞的作者是有爭論的，這種情形常有，我們無法細究，只好認定一人。首兩句寫景極佳，寫到了月色、江水、天氣、山和北斗，山銜斗就是北斗星緊緊靠着山峰，斗像勺子，彷彿山把它銜在嘴裏一樣。起來搔首，使人有寂寞淒清之感，梅影橫穿，就把這種感情形象地深化了。下片頭兩句寫在這樣好天氣，卻沒有人共飲消愁，是寂寞之感又深入了一層。亂鴉啼即使沒有甚麼言外的含意，也夠使人心緒亂糟糟的了。若作者果為蘇軾之子，在軾因政治關係而文章被禁的時候，亂鴉啼也可有政爭議論紛紛的含意。末句不如歸去的意思是很顯然的。周篤文選註的《宋百家詞選》定此詞作者為汪藻，亂鴉句諷刺攻擊作者的論客。

万俟詠（生卒年代不詳）

他的姓讀音是万俟（讀mò qí），名詠，字雅言，號詞隱。黃庭堅（山谷）稱他為一代詞人，但他的《大聲集》已佚，僅存詞二十七首。

訴衷情

一鞭清曉喜還家，宿醉困流霞。夜來小雨新霽，雙燕舞風斜。　山不盡，水無涯，望中賒。送春滋味，念遠情懷，分付楊花。

清早騎馬揮鞭，為還家感到高興，回敘前夜因為高興，飲酒（流霞為酒的泛稱）醉了。三四句寫清早路上所見景色：夜雨初晴，燕子雙雙在風中飛舞，這同他的歡樂心情是一致的，寫景也就有抒情的意味了。下片前三句寫途中山多水闊，眼中路途遙遠，是寫途中很艱苦。賒字是遙遠的意思，李白的《扶風豪士歌》中就有這樣兩句詩：「我亦東奔向吳國，浮雲四塞道路賒。」這樣插敘一下途中艱苦，就使末三句所表現的歡樂深化了。送春滋味，念遠情懷，都是淒苦的，但現在都不在話下，交付給柳絮，隨風吹散了。

宋詞寫傷春念遠、離愁別恨的很多，芭蕉梧桐夜雨幾乎已成了濫調，像這首寫歸家之樂的詞是很少的，所以很新奇可喜。

長相思

雨

一聲聲，一更更，窗外芭蕉窗裏燈，此時無限情。　夢難成，恨難平，不道愁人不喜聽，空階滴到明。

詩人總是敏感的，自然界的聲音往往容易引起不同的情緒。這首詞文字淺顯，聽雨引愁，也沒有新奇的地方。我選給你們讀一讀，意在引起你們的興趣，對自然界的現象多注意，從中得到美感，豐富生活經驗。我們選讀的詩詞中，寫到雨的不少，你們加以比較，不也是很有趣味的嗎？

王庭珪（一零七九—一一七一）

安福人，政和八年（一一一八）進士。胡銓上疏乞斬秦檜，謫往新州，庭珪以詩送行，也獲罪。檜死始獲自由。

浣溪沙

薄薄春衫簇綺霞，晝檐晨起見棲鴉。宿妝仍拾落梅花。　回首高樓聞笑語，倚闌紅袖捲輕紗。玉肌微減舊時些。

早起穿着薄薄春衫，看到天上綺霞，晝檐下尚有棲鴉。拾起落地梅花聊以自遣。聽到高樓中笑語聲，回頭一看，那女郎正倚闌捲簾，看到她肌膚比以前稍稍瘦了些了。

朱敦儒（一零八一——一一五九）

洛陽人。早年隱居山林，自稱「疏狂」，「幾曾着眼看侯王」（見所作《鷓鴣天》），但又應徵詔出任官職。因與主戰派李光有聯繫，又被罷官。秦檜當政，羅致他文飾太平，檜死又被廢。他的詞有時脱離現實，有時也表現憂國熱情。

雙鸂鶒

拂破秋江煙碧，一對雙飛鸂鶒；應是遠來無力，稍下相偎沙磧。　小艇誰吹橫笛，驚起不知消息。悔不當時描得，如今何處尋覓？

鸂鶒（讀 xī chì），水鳥，比鴛鴦稍大，多為紫色，亦成對在水面浮游，故又稱紫鴛鴦。上片寫一對鸂鶒，雙雙衝破江上碧煙飛來。大概因為來自遠方，沒有力氣了，下落到淺水的沙石上相偎休息。有甚麼人在小船上吹笛，把一對鳥驚動，不知飛到甚麼地方去了。悔不該當時沒把牠們描繪下來，現在到哪兒去尋找呢？寫景抒情都恰到好處。一幅雙飛雙棲、同生共死的紫鴛鴦畫實際上已經描繪出來了。

相見歡

金陵城上西樓，倚清秋。萬里夕陽垂地，大江流。　　中原亂，簪纓散，幾時收？試倩悲風吹淚，過揚州。

首句寫在金陵城樓上觀看秋景，第三句即寫看到的情況：萬里廣闊地面上，夕陽已經落近地平線，長江從地面上流過。下片寫中原被金兵侵佔，亂了，貴族官吏（簪纓）走散了，幾時能收復呢？試請（倩）悲風把我的眼淚吹送到揚州去吧。揚州地區在汴京失陷後，被金兵破壞慘重。

李清照（一零八四—約一一五一）

號「易安居士」。齊州章丘（今山東章丘西北）人。嫁金石名家趙明誠，前期生活美滿。金兵入侵，宋南渡，丈夫又以暴疾亡故，使她受了很大打擊。她逃兵亂，走遍了江浙皖贛一帶地方，晚年寓居臨安。文集詞集均已遺失。後人輯為現在流行的《漱玉詞》。

如夢令

常記溪亭日暮，沉醉不知歸路。興盡晚回舟，誤入藕花深處。爭渡，爭渡，驚起一灘鷗鷺。

這首詞寫了作者的生活情趣和瀟灑風度，記的是醉酒乘舟遊玩的小事。頭兩句寫乘舟的時間和地點，因醉忘了歸路。但遊興仍濃，不肯敗興回舟，於是闖了一個小小亂子，船划到荷花深處去了。但仍然划船前進，把一灘海鷗和鷺鷥動飛起來了。

如夢令

昨夜雨疏風驟，濃睡不消殘酒。試問捲簾人，卻道海棠依舊。知否？知否？應是綠肥紅瘦。

這首詞寫惜春傷春的感情，文字淺顯，但卻深刻生動。風雨之夜，雖然睡得很香，酒意卻未消，也就是借酒消的愁還梗在心頭。想到海棠或者被風雨摧殘凋謝，但又怕自己親看，徒增春去之傷感，便試着問一問捲簾的侍女，她卻回答說海棠依舊，顯然她是並不關心的。所以作者反問她：知道嗎？海棠經過風雨，該是葉多花少了。我把「綠肥紅瘦」給你們這樣一解釋，可就是化神奇為腐朽了。「綠、紅」代表葉和花，「肥、瘦」代表多少或鮮謝——「綠肥紅瘦」令多少人叫絕，並不是偶然的了。

一翦梅

紅藕香殘玉簟秋，輕解羅裳，獨上蘭舟。雲中誰寄錦書來，雁字回時，月滿西樓。花自飄零水自流，一種相思，兩處閒愁。此情無計可消除，才下眉頭，卻上心頭。

這首詞是懷念丈夫的。前三句可以連起來這樣理解：獨自登上蘭舟，把羅裳輕輕解開，覺得潔白的竹蓆有秋天的寒意，看到紅藕（即紅藕花或紅荷花）已經殘謝了。夫妻間的書信常稱錦書，見到雁行，想到雁是可能捎了丈夫的信來，並非真的來信了，下句雁字指雁在天空排的字。下片的花指首句的紅藕花，水是蘭舟在其中前進的水。兩地指與丈夫分居兩地，但同樣相思愁悶。末三句也就是范仲淹的《御街行》中幾句的意思：「都來此事。眉間心上，無計相迴避。」

醉花陰

薄霧濃雲愁永晝，瑞腦消金獸。佳節又重陽，玉枕紗廚，半夜涼初透。東籬把酒黃昏後，有暗香盈袖。莫道不銷魂，簾捲西風，人比黃花瘦。

這首詞寫重陽佳節。一般逢此佳節，多外出登高遊玩，而作者把天氣形容為「薄霧濃雲」，並不晴朗，又「愁永晝」，不知道長長的白天如何消磨。時時在獸形的熏香爐裏添香料（瑞腦），就是一種具體的表現。雖未明說，「每逢佳節倍思親」，有思夫情緒是很顯然的。下三句既點明佳節，又寫半夜覺涼的不眠情況，紗廚是蒙有細紗以避蚊的床。下片寫黃昏後，曾在東籬飲酒，因為陶潛在《飲酒》中有「採菊東籬下」句，所以是在賞菊花自遣。古詩有句：「馨香盈懷袖，路遠莫致之」，所以更可見有懷遠的意思了。末句「人比黃花瘦」，自己因懷遠而憔悴的情況就被很形象地巧妙地寫出了。以前曾有人指出：「人比黃花瘦」是從無名氏的詞句「依舊，依舊，人與綠楊俱瘦」脱出，但更為工妙。

我給你們講一個有趣的故事。李清照把這首詞寄給她的丈夫趙明誠，明誠自愧不如妻子寫得這樣好，便關起門來，用三天三夜寫了五十首詞，並將清照的這一首混雜其中，送給友人陸德夫看。德夫吟詠了半天，説道：「只有三句絕佳。」明誠問是哪三句，德夫答道：「莫道不銷魂，簾捲西風，人比黃花瘦。」

鳳凰台上憶吹簫

香冷金猊，被翻紅浪，起來慵自梳頭。任寶奩塵滿，日上簾鈎。生怕離懷別苦，多少事，欲說還休。新來瘦，非干病酒，不是悲秋。 休休。這回去也，千萬遍陽關，也則難留。念武陵人遠，煙鎖秦樓。惟有樓前流水，應念我，終日凝眸。凝眸處，從今又添一段新愁。

金猊，形如獅子的塗金熏爐，內可焚香，味從獸口出來，以熏衣被，第二句即寫熏被情況。起來懶梳頭，不為寶奩拂塵，日照到簾鈎才起來，都是怕離懷別苦的具體表現。多少事包括以前遊樂歡聚時的快樂，不肯談說，是怕更增別苦。下三句說自己近來瘦了，但既不因為病酒，也不因為悲秋，自然是為離愁別苦了。休休，現在口語「罷了，罷了」。陽關（曲），王維《送元二使安西》的別名，此句意思是把陽關曲唱千遍萬遍，也留不住要走的人了。武陵人，涉及陶潛的《桃花源記》，又涉及劉晨和阮肇二人遊天台山，遇二仙女的傳說。我們已經簡單地說過，現在還說說故事，以便你們了解吧。武陵是地名，在今湖南，陶文說那裏有個漁父，無意到了桃花源，一個與世隔絕的仙境，實際是他的烏托邦即理想國。這裏寫到桃花、流水、仙境，宋詞人就把桃源的幻境和天台山的神話聯繫起來了，所以這裏的武陵人所用的就是這兩個典故，用武陵人指所懷念的丈夫。秦樓，可指我們已經略講過的弄玉的故事：她從蕭史學吹簫，學成兩人化為神仙，騎鳳飛走了。這樣，作者就是以弄玉自比，現在是人去樓空了。另外，漢樂府《陌上桑》有這樣兩句：「日出東南隅，照我秦氏樓。」那就以羅敷自比了。簡單地說，這兩句只是說：丈夫遠去，現在是自己獨守空樓了，意思固然明白，可就不是文學作品了。順便說一下，文學作品用僻典，晦澀使人難懂，是很不好的。但用典或傳說故事引起豐富的聯想，卻是增加藝術魅力的必要方法之一。

最後幾句的凝眸，就是定睛遠望，這時不僅自己「念」着遠去的人，流水也在「念」我凝眸遠望的愁苦，這就在人去前的愁苦上，加上人去後的新愁了。

點絳唇

寂寞深閨，柔腸一寸愁千縷。惜春春去，幾點催花雨。　倚遍闌干，只是無情緒。人何處？連天芳草，望斷歸來路。

從上片看，彷彿側重在惜春春去。但是頭兩句可以看出，寂寞和愁腸千縷，隱示春去遠不如人去，更引起內心的寂寞。下片前兩句已經含蓄點明。人何處，就明說出來了，但這種錯綜寫法並不減低藝術效果。望斷歸來路，所見的只是天涯芳草，又偏向含蓄的寫法了。

武陵春

風住塵香花已盡，日晚倦梳頭。物是人非事事休，欲語淚先流。　聞說雙溪春尚好，也擬泛輕舟；只恐雙溪舴艋舟，載不動、許多愁。

這首詞是作者晚年避兵金華時寫的，首句寫落花已滿地，塵土留有殘香，風止了，這時確是定了全詞情調。「物是人非事事休」了，宋只剩了半壁江山，自己已經家破人亡了。雙溪，金華有永康、東陽二水，合流處稱雙溪。舴艋是小船，有時賽龍舟時使用。想去泛舟消愁，又怕愁太重，船載不動。把愁化為具體的東西，有重量，船載不動，這種形象化的藝術手法，值得玩味。

聲聲慢

尋尋覓覓，冷冷清清，淒淒慘慘戚戚。乍暖還寒時候，最難將息。三杯兩盞淡酒，怎敵他、曉來風急！雁過也，正傷心，卻是舊時相識。　滿地黃花堆積，憔悴損，如今有誰堪摘？守着窗兒，獨自怎生得黑！梧桐更兼細雨，到黃昏點點滴滴。這次第，怎一個愁字了得。

這詞開始的尋尋覓覓……慘慘戚戚，稱為疊字。都暗含本意，並有聲調美。尋尋覓覓，表示若有所失的心情，尋覓可照本意理解；尋覓到的只是下面一連串的疊字所表達的情緒：寂寞、淒清、悲傷、愁苦。詞寫的是秋天，不像夏天總是熱，冬天總是冷，所以乍暖還寒，我們不是常聽說，二四八月亂穿衣嗎？將息，意為調養、休息，指安排衣着等生活細事，言外也有不好安排自己的意思。下面「曉來」比晚來較妥，因為寫一天的事，飲酒大概指習慣的早酒。雁足傳書，詩詞中常常寫到，實際只代表通信的意思，説雁是舊時相識，看得不能太拘泥，似只代表舊時曾與丈夫通音信，這時他已亡故，見雁傷心，只是因為回憶往事。下片寫菊花的三句，既有自傷「人比黃花瘦」的感慨，也有悼亡的含意。守着兩句，無論怎樣標點，自以「獨自守着窗兒，怎生得黑？」為是。這次第，這光景。

永遇樂

落日鎔金，暮雲合璧，人在何處？染柳煙濃，吹梅笛怨，春意知幾許！元宵佳節，融和天氣，次第豈無風雨？來相召，香車寶馬，謝他酒朋詩侶。 中州盛日，閨門多暇，記得偏重三五。鋪翠冠兒，撚金雪柳，簇帶爭濟楚。如今憔悴，風鬟霜鬢，怕見夜間出去。不如向、簾兒底下，聽人笑語。

這首詞是李清照經過離亂流落之後，住在臨安，過着寂寞清貧的晚年時寫的。頭兩句寫目前景物：下落的太陽金光閃爍，晚霞普照黃昏時天空。第三句問得突然，雖然身在臨安，卻又茫然不知身在何處，有流落異鄉，身心寂寞之感。下三句寫春意：初發的柳被煙霧籠罩着，似乎柳色被染濃了，又有笛聲吹着《梅花落》曲，正是春意闌珊的時候。現在是元宵佳節，天氣融和，但是在一個飽經滄桑的人，不免心懷疑懼：不會突然颳風下雨嗎？因此雖然有些富貴人家婦女坐着香車，騎着駿馬，來邀請自己去飲酒賦詩，也只好謝絕了。下片前六句回想汴京淪陷前的元宵節盛況和自己的歡快生活。中州盛日，指宋繁榮時代；自己在深閨中過着安逸的生活，有的是閒暇時間，最重視元宵佳節。那時候自己打扮得漂漂亮亮：頭上戴着翡翠（或用翠鳥羽毛裝飾的）冠，還佩着適合時令的金線撚合的妝飾品；簇帶，意為插戴；濟楚，意為端莊。如今憔悴三句說如今的情況：形容憔悴，鬢髮已白而不整，懶得夜間出去了。末言倒不如自己躲在簾下，聽別人的笑語了。結句語淺情深，含着無限淒涼悲苦之感。

漁家傲

天接雲濤連曉霧，星河欲轉千帆舞。彷彿夢魂歸帝所，聞天語，殷勤問我歸何處？

我報路長嗟日暮，學詩謾有驚人句。九萬里風鵬正舉，風休住，蓬舟吹取三山去。

天破曉時，波濤似的雲同早晨的霧連成一片，滿佈天空，形成海天一色的美景：銀河轉動，群星閃光，彷彿小船上千帆飛舞。這是夢中所見的景象。夢魂似乎回到了天宮（帝所），聽到天帝殷勤問我要到甚麼地方去。下片我答道路太長，可嘆天色已晚，而學詩徒有驚人之句，既不為人賞識，也不能滿足自己的要求，還要繼續努力。

我原只想給你們講一點啓蒙的知識，大意懂得所選的詞就可以了，深講我也沒有足夠的學力。不過有些詩詞富有文學聯想，完全拋開不提，就不免有點乾巴巴的，失去藝術的韻味了。因此我把下片幾處略多講幾句，你們就當故事聽聽吧。

「路長日暮」兩句使人想起屈原的《離騷》中有這樣幾句：「欲稍留此靈瑣兮，日忽忽其將暮。……路漫漫其修遠兮，吾將上下而求索。」也是嘆惜日暮路遠，但仍要努力上下求索。（靈瑣，神仙所住的樓閣，瑣是門上所雕刻的花紋。忽忽，形容時光過去的很快。漫漫，形容路遠。上下求索，努力追求。）

「九萬里風鵬正舉」（舉，高飛）——莊子在《逍遙遊》中說，大鵬「摶扶搖而上者九萬里」（扶搖是旋風），就是在旋風裏上飛九萬里。這表示作者有雄心壯志，自強不息。風休住兩句是請風不要息，把自己的一葉扁舟，吹到三山，即神話中的蓬萊、方丈、瀛洲三座神山。

李清照被認為是婉約派的作家，但這首詞風格特異，所以梁啓超說，此詞不像李清照《漱玉集》裏的句子，而像蘇軾、辛棄疾的風格。

呂本中（一零八四—一一四五）

壽州（治今安徽鳳台）人，世稱「東萊先生」。紹興六年（一一三六）進士。他贊成收復失土，曾上書提出這個主張，因此得罪秦檜，被罷了官。詩不如詞。

採桑子

恨君不如江樓月，南北東西，南北東西，只有相隨無別離。　　恨君卻似江樓月，暫滿還虧，暫滿還虧，待得團圓是幾時？

這首詞以月亮做比喻，從正反兩方面抒寫離恨的感情。上片寫恨外出的人不像月亮一樣，總照着人，從不離開，而是不分東西南北，四處亂跑。下片又寫恨外出的人像月亮似的，圓滿的時候少，虧缺的時候多，幾時才能團圓呢？比喻擺脫俗套，正反對比，寫得極為新穎、明暢，富有民歌風味。

南歌子

驛路侵斜月，溪橋度曉霜。短籬殘菊一枝黃，正是亂山深處，過重陽。　旅枕元無夢，寒更每自長。只言江左好風光，不道中原歸思，轉淒涼。

這首詞寫重陽節在辛苦的旅途中，思鄉憂國的感情。斜月照着驛站的道路，小溪的橋上還有早霜，這固然使人想到「雞聲茅店月，人跡板橋霜」的景色；但從下面幾句和全詞看，作者要表現的是清早趕路的辛苦。時值重陽佳節，而作者在亂山深處，只見到低矮籬笆旁有一株殘菊！下片的感情更深入了：睡在旅店的枕頭上，很難入睡，原是無夢可做的，何況寒夜的更聲使人感覺到夜更長呢。人人只說江左（指南宋偏安的東南地區）風光很好，卻不提懷念中原，即毫無收復失土的意思，這就使人特別感到淒涼了。

向子諲（一零八五—一一五二）

臨江（今江西清江）人。宋南渡後，力主抗金，曾率兵抗擊金人的入侵。後受秦檜排擠，歸清江薌林，自號「薌林居士」，即在那裏逝世。他把自己的詞分成「江南新詞」和「江北舊詞」兩卷，可見南渡後的心情。

鷓鴣天

有懷京師上元

紫禁煙花一萬重，鰲山宮闕倚晴空。玉皇端拱彤雲上，人物嬉遊陸海中。　星轉斗，駕回龍。五侯池館醉春風。而今白髮三千丈，愁對寒燈數點紅。

詞回憶汴京上元節盛況，以後中原淪陷，宋南渡，作者便愁對寒燈，「白髮三千丈」（李白《秋浦歌》中詩句）了。首句禁城即指汴京，煙花一萬重，指燈火盛況。鰲山是指當時堆疊彩燈而成的山，在汴京宣德門。上元節約二更鼓，皇帝坐小輦去觀賞那裏的千萬種彩燈，燈光照耀着宮殿，高聳在空中。玉皇，指徽宗趙佶，拱手端坐在紅色祥雲上面。很多人在陸海上遊玩（地上物產豐富如大海所產一樣多，所以稱陸海）。

下片續寫夜已晚，「北斗闌干南斗斜」了，皇帝回宮了。五侯，原為後漢桓帝一天所封的五個宦官，這裏指權貴人家，還在飲酒作樂。結尾兩句突然一轉，是中原淪陷、宋室南遷的殘破局面了。兩相對照，顯得結句特別有力。

生查子

近似月當懷，遠似花藏霧。好是月圓時，同遊花深處。　看花不自持，對月空相顧。願學月頻圓，莫作花飛去。

頭兩句從近看和遠看形容所愛的女子。次兩句寫月圓時同遊的樂趣。但下片表明看花時雖自己傾心，對方卻沒有相同的反應。末兩句表示希望。

蔣興祖女兒（生卒年代不詳）

宜興（今屬江蘇）人，不知其名。靖康二年（一一二七），金兵攻陷北宋都城汴京，徽、欽二帝被擄。但各地仍有抗金戰爭，陽武（今河南原陽）令蔣興祖在金兵圍困時，堅決抵抗，自己同妻兒都犧牲了，女兒（下詞作者）被擄，下面的詞是她在雄州（今河北雄縣）驛站牆上寫的。

減字木蘭花

朝雲橫度，轆轆車聲如水去。白草黃沙，月照孤村三兩家。　飛鴻過也，百結愁腸無晝夜。漸近燕山，回首鄉關歸路難。

首句寫明是早晨多雲的陰天，第二句寫所坐的囚車，轆轆為車聲，如水去，是形容車行速而路遠。白草兩句寫車中所見荒涼景象。寫景也就表現了作者內心悲傷淒涼。上片寫了早晨、白天、夜晚。雁是候鳥，這時應是從北向南飛了，而人卻是由南向北，漸近燕山，也就是離敵人的都城大都（今北京市）越來越近了。回首故鄉，欲歸無路，就晝夜愁腸百結，悲傷沒有完結的時候了。

弱齡女子遭此浩劫，其事其詞，都令人痛心。腐敗無能的統治者是禍根，尤令人切齒！

陳東（一零八六——一一二七）

丹陽（今江蘇省鎮江）人。以貢入太學，欽宗時曾上書請殺蔡京（主和派的壞人之一），以後又上書請用李綱（主張抗金，在金兵圍攻汴京時，反對遷都）。高宗時，又劾黃潛善、汪伯彥，為二人所構陷，被殺。

西江月

我笑牛郎織女，一年一度相逢。歡情盡逐曉雲空，愁損舞鸞歌鳳。　牛女而今笑我，七年獨臥西風。西風還解過江東，為報佳期入夢。

牛郎織女七夕相會的故事，你們是熟悉的了。這首小詞頗有風趣，上片寫牛郎織女一年只相會一夜，第二天就歡情煙消雲散了，自己笑他們。下片寫牛郎織女該笑自己了，因為七年離家不能一聚。末兩句有自我解嘲意味，說西風還會到故里入夢，報告佳期。

蔡伸（一零八八—一一五六）

莆田（今屬福建）人，蔡襄之孫。政和五年（一一一五）進士。

長相思

村姑兒，紅袖衣，初發黃梅插稻時，雙雙女伴隨。　長歌詩，短歌詩，歌裏真情恨別離，休言伊不知。

兒（讀ní），是兒字的古音。初發黃梅，梅子初黃時。她雖然是年歲不大的村姑，對長歌短歌的真情，在歌唱時是了解的：抒寫的是離愁別恨。

長相思

我心堅，你心堅，各自心堅石也穿。誰言相見難？　小窗前，月嬋娟。玉困花柔並枕眠。今宵人月圓。

這首詞說，只要兩人愛情堅定，連石頭也可以穿破，也就是說，可以克服一切困難阻礙，有情人終成眷屬，得到花好月圓的結果。以上這兩首詞都頗有民歌趣味。

陳與義（一零九零——一一三九）

字去非，號簡齋，洛陽人。登政和三年（一一一三）上舍甲科，曾為太學博士。高宗南遷後，曾避亂湖廣，後為兵部員外郎。以詩名，有《簡齋詩集》，為宋詩重要人物。也工於寫詞，有《無住詞》一卷。

臨江仙

夜登小閣，憶洛中舊遊

憶昔午橋橋上飲，坐中多是豪英。長溝流月去無聲，杏花疏影裏，吹笛到天明。

二十餘年如一夢，此身雖在堪驚。閒登小閣看新晴，古今多少事，漁唱起三更。

午橋，洛陽南的一座橋，是舊遊的地點，當時一同宴飲的人都是出色的人物。下三句具體寫當時遊樂情況。下片寫二十多年的時光過去了，自己還生活在人間，不免令人驚異，言外哀同遊的人多已謝世了。末三句點明夜登小閣，夜深聽到漁歌，古今多少事引人滿腔感慨。

張元幹（一零九一—約一一七零）

長樂（今屬福建）人，向子諲之甥。他很有文才，徽宗末年即以詞名，感時抒情之作，慷慨激昂，下面一詞可略見他的為人風格。

賀新郎

送胡邦衡待制赴新州

夢繞神州路，悵秋風，連營畫角，故宮離黍。底事崑崙傾砥柱，九地黃流亂注？聚萬落千村狐兔。天意從來高難問，況人情老易悲難訴。更南浦，送君去。　涼生岸柳催殘暑。耿斜河，疏星淡月，斷雲微度。萬里江山知何處？回首對床夜語。雁不到，書成誰與？目盡青天懷今古，肯兒曹恩怨相爾汝？舉大白，聽金縷。

胡邦衡即胡銓，主抗金反和，曾請斬秦檜等三個主和投降派，因被謫新州

（今廣東新興縣）。張元幹仗義寫詞送別，並在詞中指責了皇帝（天意從來高難問），是很欽佩的。

神州，中國的古稱，這時已大部被金侵佔，夢繞是念念不忘的意思。連營兩句是想像的情況：金軍各營的軍號（畫角，彩繪的號角）聲響成一片，宋的故宮已經長滿了莊稼（黍是小米）。這裏用「黍離」來形容是很恰當的。按「黍離」是《詩經》中的篇名，幽王無道，犬戎破鎬京被殺死，平王東遷洛陽，為東周。東周初年有人去鎬，見到宮殿破壞，長了莊稼，不勝感慨，因作此詩。底事三句的意思是：支持崑崙的天柱為甚麼倒了呢？九州（九地）遍地黃河水橫流，千村萬落都成了狐兔（也指敵人）聚居的地方了：寫淪陷區的情況。下面說天意難測，即不知皇帝有甚麼意圖，易悲的老人難訴苦衷。何況又要到南浦（泛指送別的地方）送你走！

下片寫岸上楊柳生涼，炎暑即將過去。明亮的銀河斜掛天際，片片的雲從天空飄浮過去。此後相隔萬里河山，何處尋覓？下句回憶以前對床夜話的情形，也意味着以後會追憶今夜對談。遠處雁也難到，書信也無法寄了。下兩句大意是：放眼看天下，關懷今古大事，怎能像小兒女一樣，悲傷嘆息，難捨難分呢？

（韓愈《聽穎師彈琴》詩中有這兩句：昵昵兒女語，恩怨相爾汝。）末兩句舉酒杯（大白），歌《金縷曲》（《賀新郎》的別名），是無可奈何中的安慰鼓勵話。

菩薩蠻

政和壬辰東都作

黃鶯啼破紗窗曉，蘭釭一點窺人小。春淺錦屏寒，麝煤金博山。　夢回無處覓，細雨梨花濕。正是踏青時，眼前偏少伊。

政和壬辰是政和二年即公元一一一二年，是北宋徽宗趙佶時代。東都指洛陽。破曉時黃鶯在紗窗外鳴叫，燈（蘭釭）照着人，只有一點點微光了。初春天還寒，屏風還是冷冷的，博山爐裏還燃着香料。夢醒了，夢境已經消逝，小雨濕潤着梨花。正是踏青的好時候，伊人卻不在眼前。從這首小詞略可見作者風格的另外一面。

岳飛（一一零三—一一四二）

相州湯陰（今屬河南）人。北宋末期以「敢戰士」應募入伍，在金兵南侵時，屢立戰功。他反對和議，力主北伐，為秦檜所陷殺。

滿江紅

怒髮衝冠，憑欄處，瀟瀟雨歇。抬望眼，仰天長嘯，壯懷激烈。三十功名塵與土，八千里路雲和月。莫等閒、白了少年頭，空悲切。　靖康恥，猶未雪；臣子恨，何時滅？駕長車、踏破賀蘭山缺。壯志飢餐胡虜肉，笑談渴飲匈奴血。待從頭、收拾舊山河，朝天闕。

怒髮衝冠，生氣的頭髮竟將帽子衝掉了。長嘯，高聲大叫，也表示怒。塵與土，表示三十歲所立的戰功微不足道，只等於塵土。下句說為打仗在不同天氣，不分日夜，在廣大地區奔波。下一句自勉不要輕易浪費少年時光，「老大徒悲傷」。靖康（北宋年號）二年（一一二七），金兵攻陷汴京，擄徽、欽二帝以去，此恥未雪，臣子飲恨。長車即長纓，古代戰車；賀蘭山，又名阿拉善山，當時是金兵侵佔的地方，現為寧夏回族自治區和內蒙古自治區的界山。胡和匈奴都借指金兵。這兩句只表示對敵仇恨之深。末兩句說勝利後，重整河山，進都城朝拜皇帝。

這首聲情壯烈的詞在抗日戰爭期間為廣大人民所傳誦，不是偶然的。

滿江紅

遙望中原，荒煙外，許多城郭。想當年，花遮柳護，鳳樓龍閣。萬歲山前珠翠繞，蓬壺殿裏笙歌作。到而今、鐵騎滿郊畿，風塵惡。　兵安在？膏鋒鍔；民安在？填溝壑。嘆江山如故，千村寥落。何日請纓提勁旅，一鞭直渡清河洛！卻歸來、再續漢陽遊，騎黃鶴。

先給你們講點詞外的話，你們就當故事聽聽吧。此詞原為岳飛墨書手跡，被收入《五千年來中華民族愛國魂》，後被收入《全宋詞》。前一首《滿江紅》作者是否確為岳飛，還有不同意見，但確是一首傑作，對振奮民族精神，起過並還起着很大作用，卻是大家一致認可的。第二首《滿江紅》是姊妹篇，精神是完全一致的。

詞的時代背景也要略說幾句。宋高宗紹興三年（一一三三）秋天，金統治集團支持叛將李成進佔襄陽、唐、鄧、隨、郢諸州。第二年岳飛奉命率兵進討李成，收復了六郡，屯兵鄂州（今湖北武昌）。岳飛上書奏請「以精兵二十萬，直搗中原，收復故疆」，但未能實現。這首詞可能是登黃鶴樓時有所感而寫，因為詞末提到漢陽黃鶴。黃鶴樓在漢陽長江岸上，傳說有人從此騎鶴成仙而去，是你們早已知道的了。

詞的頭三句寫登樓遙望，見到一片寒煙，籠罩着廣闊城鄉土地，景象十分淒涼。下五句回想以前的繁榮局面：到處是花和柳，風景秀麗，樓台亭閣，備極豪華。萬壽山即是靈岳，徽宗時所建御園假山，珠翠繞，形容裝飾得華麗。蓬壺殿或指北宋汴京皇宮內的蓬萊殿。可是目前呢？敵軍的鐵蹄踐踏遍了京城及郊區，情況是很險惡的。下片先哀嘆兵士血染敵人刀劍，人民填了溝壑。河山未改變，但村落荒廢了。末幾句表明作者想報仇復國，重整河山，重遊漢陽的雄心壯志。請纓，自願請求率軍進擊敵人，提勁旅，帶領精鋭部隊。直渡長江，清除洛河、黃河所流經的中原地帶之敵軍。那時再回到漢陽，懷着民族自豪感追思往古，瞻望未來。

朱淑真（生卒年代不詳）

錢塘（今屬浙江杭州）人。出身於仕宦家庭，善詩詞，工書畫，懂音律。少女時期曾有一段美好愛情生活，但父母使她嫁一俗吏，情趣難投，離去長居母家，憂傷終生。她的詞淒婉動人。

眼兒媚

遲遲春日弄清柔，花徑暗香流。清明過了，不堪回首，雲鎖朱樓。　午窗睡起鶯聲巧，何處喚春愁？綠楊影裏，海棠亭畔，紅杏梢頭。

首句形容春色清和柔媚，前兩句寫小徑上花香撲人。次三句寫清明已過，春日即將告終，雲彩籠罩着朱樓，最易引起春愁。下片寫黃鶯巧囀，春愁向何處尋找呢，正是在表現美景柳絲影裏、海棠開處、紅杏梢頭。良辰美景不是消愁，而是生愁，愁意就濃於酒了。

謁金門

春已半，觸目此情無限。十二闌干閒倚遍，愁來天不管。　好是風和日暖，輸與鶯鶯燕燕。滿院落花簾不捲，斷腸芳草遠。

春天已過去一半了，放眼觀看春景，引起無限愁思，此情天上人間都得不到同情，孤寂可想，只好遍倚闌干，聊以自遣了。下片寫的卻是風和日暖的好天氣，自己無福，只好讓給（輸與）黃鶯燕子去享受了。滿院落花，已近春暮，但她並不捲簾，而縱目去觀看，因為心有思遠情緒，即懷念以前的情人。芳草遠大概是這種含意。

清平樂

惱煙撩露，留我須臾住。攜手藕花湖上路，一霎黃梅細雨。　嬌癡不怕人猜，隨群暫遣愁懷。最是分攜時候，歸來懶傍妝台。

惱和撩意思相似，引人煩惱，也用以形容煙露，猶如用無賴形容春光，並無貶義，彷彿說春光調皮，越明媚越使人心情不佳。惱煙撩露形容荷花含煙帶露，很美觀。第二句：它使我短時停下觀賞。三四句寫在荷花湖旁路上，與女伴攜手同遊，這時下了一陣黃梅小雨。下片頭兩句寫自己為愛情煩惱而顯得嬌癡，並不怕人胡猜亂想，而同女伴們結隊遊玩，暫時排遣心中愁悶。下兩句寫同女伴們分手時最為苦悶，回到家裏無心走近妝台去梳洗打扮了。

減字木蘭花

獨行獨坐，獨倡獨酬還獨臥。佇立傷神，無奈輕寒著摸人。　此情誰見？淚洗殘妝無一半。愁病相仍，剔盡寒燈夢不成。

前兩句用了五個獨字，在詞裏是很特別的。是自吟自和。和詩應由別人寫，自和是無朋友和詩，只好自和了。著摸，撩惹，引人不耐煩。下片前兩句：流淚把殘妝洗去一半，這情形有誰見到呢？愁病相仍，愁病交加，難以入睡，自然也就做不成夢了。

陸游（一一二五—一二一零）

號放翁，山陰（今浙江紹興）人，出身於官宦家庭。試進士，被秦檜除名。紹興三十二年（一一六二），又被孝宗賜進士出身。范成大帥蜀時，曾任參議官在幕中工作。短期同修國史。為南宋最偉大的詩人，存詞一百多首。

滿江紅

危堞朱欄，登覽處，一江秋色。人正似，征鴻社燕，幾番輕別。繾綣難忘當日語，淒涼又作他鄉客。問鬢邊、都有幾多絲，真堪織。

楊柳院，鞦韆陌，無限事，成虛擲。如今何處也，夢魂難覓。金鴨微溫香縹渺，錦茵初展情蕭瑟。料也應、紅淚伴秋霖，燈前滴。

危堞，城上危險的矮牆。鴻、燕都是候鳥，隨天氣暖寒而異地棲息，比喻做客他鄉，別日所說的話纏綿多情（繾綣），難以忘記。兩鬢旁的頭髮，灰白如絲的已經很多，都可以編織成網了。下片寫前景往事，現在已成過去，人也不知在甚麼地方了，夢中也難以找到了。熏香爐微溫，香味若有若無，錦製的褥初步展開，心情無精打采，毫無生氣（情蕭瑟）。下着秋雨（秋霖），人在燈前落淚，是想像對方的情形。

離別懷遠，既寫到目前，也寫到過去，寫自己，也寫到對方，委婉，全面，一往情深。

好事近

登梅仙山絕頂望海

揮袖上西峰，孤絕去天無尺。拄杖下臨鯨海，數煙帆歷歷。　貪看雲氣舞青鸞，歸路已將夕。多謝半山松吹，解殷勤留客。

詞寫登山望海的印象和感受，作者同大自然接觸時的真情實感表現得細緻親切，使讀者如身臨其境。頭兩句寫山峰高，近天不到一尺。三四句寫拄杖到海旁一看，帆船清清楚楚呈現在眼前。下片仍寫海上景象：雲氣像青鸞一樣飛舞，令人貪看不厭，往回走時，天已傍晚了。最後兩句寫松林的風知道般勤留客，很覺可感，這就是心靈與大自然融為一體了。這是一種崇高的境界。

漁父

燈下讀玄真子漁歌，因憶山陰故隱，追擬。

鏡湖俯仰兩青天，萬頃玻璃一葉船。拈棹舞，擁蓑眠，不作天仙作水仙。

在鏡湖上仰頭看到上面的青天，低頭可看下面的水面，像萬頃玻璃，既明且平，像是另一片青天。漁父在兩青天之間有時舉槳揮舞，有時擁蓑衣憩睡，無憂無慮，不是像水上仙人一樣嗎？我給你們選讀一些這類的作品，意在使你們喜歡多接近大自然，培養多方面的樂趣，幫助你們身心平衡發展。

釵頭鳳

紅酥手，黃縢酒，滿城春色宮牆柳。東風惡，歡情薄，一懷愁緒，幾年離索。

錯，錯，錯！春如舊，人空瘦，淚痕紅浥鮫綃透。桃花落，閒池閣，山盟雖在，錦書難託。莫，莫，莫！

要了解這首詞，我得給你們略講一下陸游的婚姻悲劇。他與姑表妹唐婉是兩小無猜的遊伴，以後結為夫婦，感情融洽，情趣相投，本來是很幸福的。陸游之母，亦即唐婉之姑，很不喜歡她，所以兩人雖然難捨難分，唐婉還是被「出」了，也就是被迫脫離陸游家了。唐婉以後嫁了趙士程。大約在紹興二十一年（一一五一），陸游遊沈園，同唐婉夫婦相遇，唐婉還以酒餚款待他。陸游無限傷感，便寫了這首詞題在沈園壁上，此後不久，唐婉也就病故了。紅酥手，形容手如酥油，紅潤細嫩，黃縢酒，一說即黃封酒，宋代官酒用黃紙封口，故名，以後泛指美酒。宮牆柳，係泛指，是明媚春色中最早常見的樹。三句寫以往二人攜手歡遊或對飲。後面四句寫生活情況惡化，歡情似水，滿懷愁緒，幾年來二人分散（離索），今昔不同之感，令人悲嘆。末句用三個疊字，悔恨錯了，宛如悲嘆之聲可聞。下片春如舊，回顧前第三句，言春色如舊，但下兩句的人瘦和淚濕（浥）手絹（鮫綃）卻今昔大不相同了。神話傳說中有這樣一段故事：水中的鮫人曾寄住在一個人家，天天賣綃（一種薄薄的羅），一天要走了，請主人拿一個容器，泣出珠以贈主人，表示感謝。山盟海誓，指夫妻表示愛情堅貞的誓言，現在這種誓言雖然還存在，也就是雖然彼此還相愛，但已經不能用書信通款曲了。末三個疊字的意思是罷，罷，罷！上片的錯和這裏的莫，又可能是聯綿詞「錯莫」，詩中常用，意思是寥落，落寞。

浪淘沙

綠樹暗長亭，幾把離尊。陽關常恨不堪聞，何況今朝秋色裏，身是行人。　清淚浥羅巾，各自消魂。一江離思恰平分。安得千尋橫鐵鎖，截斷煙津。

綠樹遮暗長亭，幾次舉杯送別，都恨陽關三疊曲不忍聽，何況現當秋天，被送行的卻是自己。下片寫分別的人雙方都有離恨，好像一江水各自佔一半。怎樣能得到千尋（每尋八尺）鐵鎖鏈，在水中截斷愁來的道路呢。設想是很奇特的，感情天真而誠懇。

卜算子

詠梅

驛外斷橋邊，寂寞開無主。已是黃昏獨自愁，更著風和雨。　無意苦爭春，一任群芳妒。零落成泥碾作塵，只有香如故。

詠物詞或只詠物，或有寓意，詠物而言志。這首詞是有寓意的。陸游力主抗金，反對妥協求和，因此遭到排擠打擊，無法實現自己的抱負。但他不屈不撓，表現了堅強的毅力、崇高的品格，梅是他的生活和人格的象徵。

頭兩句寫梅是無主野生的，開在驛站外面、斷橋邊上。黃昏時獨自發愁，已夠寂寞，還遭到風吹雨打。這比喻陸游的生活處境和遭遇。下片頭兩句比喻自己既不鈎心鬥角，同別人爭取甚麼好處，別人的嫉妒也一概置之不理。末兩句表示即使像梅花一樣，落到泥土上被碾成塵末，也仍然香味如舊。這也就是說自己的品格不會被任何打擊摧毀或玷污。

訴衷情

當年萬里覓封侯，匹馬戍梁州。關河夢斷何處？塵暗舊貂裘。　胡未滅，鬢先秋，淚空流。此生誰料，心在天山，身老滄洲。

萬里覓封侯，指乾道八年（一一七二）他投身王炎幕下，積極參加抗金事業，想像班超一樣立功封侯。前兩句說單槍匹馬從軍駐守梁州（今陝西南部漢中及四川部份地方）。關河，指戰鬥中走過的關塞和河防，現在只能在夢中重遊，夢醒也就完結了。下句說舊的用貂鼠皮做的衣服，被塵土弄髒了。胡指金，現尚未被消滅，但自己的兩鬢已經灰白了，眼淚也是白流了，因抗金的事業無法實現。末三句說，料不到餘生心在天山，即關心邊塞，欲去抗金，而身子卻滯留在滄洲（意為水邊，因陸游晚年住在紹興鏡湖邊上）。

唐婉（生卒年代不詳）

婉一作琬，與陸游之母為姑侄，初與陸游結婚，夫婦感情融洽，但不為陸母所容，終於離異改嫁趙士程。但以愁怨而死。

釵頭鳳

世情薄，人情惡。雨送黃昏花易落。曉風乾，淚痕殘。欲箋心事，獨語斜闌。難，難，難！　人成各，今非昨。病魂常似鞦韆索。角聲寒，夜闌珊，怕人尋問，咽淚裝歡。瞞，瞞，瞞！

前三句說世道人情很薄，好像黃昏時下雨，花容易凋落。下幾句寫心情無處申訴的寂寞感。下片說時光過去，人已分離，病魂像鞦韆索一樣，即心神恍惚不安。怕人尋問，強作歡笑，更令人憐。一說此詞係後人補寫成篇，唐婉只寫了頭兩句。

范成大（一一二六—一一九三）

蘇州吳縣（今江蘇蘇州）人。紹興二十四年（一一五四）進士。曾充赴金使節。

霜天曉角

晚晴風歇，一夜春威折。脈脈花疏天淡，雲來去，數枝雪。　勝絕，愁亦絕，此情誰共說？惟有兩行低雁，知人倚，畫樓月。

此詞詠梅。頭兩句寫傍晚天晴風止了。一夜春寒的威風銳減，也就是天氣轉暖了。脈脈，含情不語，「花疏」「數枝雪」，都形容梅花；「天淡」「雲來去」，寫梅花上的天空。上片總的是寫少數朵梅花初放在那樣的天地之間。下片「勝絕」概括上片的描寫，「愁亦絕」寫勝景引起的愁情，下句說明愁的原因，嘆勝景無人共賞。末寫只有兩行低雁似還了解月夜倚樓賞梅人的心情，其孤寂是可以想像的了。

朝中措

身閒身健是生涯，何況好年華。看了十分秋月，重陽更插黃花。　消磨景物，瓦盆社釀，石鼎山茶，飽吃紅蓮香飯，儂家便是仙家。

上片似乎就是常聽到的祝願：花好、月圓、人壽。黃花就是菊花，是有許多美麗聯想的佳節名花。下片寫飲佳釀，品清茗，吃紅蓮香飯，觀賞景物度日。寫的是平常生活，但並不庸俗。

浣溪沙

江村道中

十里西疇熟稻香，槿花籬落竹絲長。垂垂山果掛青黃。　濃霧如秋晨氣潤，薄雲遮日午陰涼，不須飛蓋護戎裝。

上片三句寫地上景物：十里稻香，木槿花籬笆旁還有修竹，山果有青有黃垂掛在樹上。好一幅有香有色的美麗風景畫！這表現了作者對這片國土的熱愛。下片寫天空和氣候，潮潤陰涼，用不着用傘類保護軍裝。作者是屯駐邊疆的大吏，這裏表現了守衛國土的雄心壯志。

我順便給你們講一個故事。傳說唐代南海向唐宮廷貢了一位奇女，她能用一縷絲分為三縷，染成五彩，用來編結為傘蓋五重，其中有天人、玉女、台殿、麟鳳等形象。這個傘蓋叫「飛仙蓋」，詞中的飛蓋就用的是這個典故。

楊萬里（一一二七—一二零六）

吉水（今江西吉安市）人，字廷秀，號誠齋。宋高宗紹興二十四年（一一五四）進士，做過四朝的官，關心國事，主張抗金。他是南宋著名詩人，詩風與詞風都清新自然。

好事近

七月十三日夜登萬花川谷望月作

月未到誠齋，先到萬花川谷。不是誠齋無月，隔一庭修竹。　如今才是十三夜，月色已如玉。未是秋光奇絕，看十五十六。

萬花川谷是離作者住宅不遠的地方，從百花之名和月光首先普照，作者先去那裏望月的情形來看，一定是風景極佳，十分幽靜的。作者用同樣的筆法寫自己書齋的幽靜清雅——遮住月光的是又高又密的竹。下片寫月光，是自然界的常有現象，但作者寫來卻使讀者感到絕非老生常談的俗套，而有親切的同感。

昭君怨

賦松上鷗。晚飲誠齋，忽有一鷗來泊松上，已而復去，感而賦之。

偶聽松梢撲鹿，知是沙鷗來宿。稚子莫喧嘩，恐驚他。　俄頃忽然飛去，飛去不知何處。我已乞歸休，報沙鷗。

撲鹿，形容海鷗的飛聲，聞聲知牠來松梢棲息，因令兒童不要大聲叫嚷驚動牠。俄頃，不多一會兒，鷗又不知飛到甚麼地方去了。末兩句説自己已請退隱，想約鷗為伴，所以報知牠。

中國古書中有故事寫到，人若持友好態度，沒有損害的意圖，可以感動鳥類如鷗，與人為伴。英國博物學家哈德生（H. W. Hudson）愛寫鳥類生活，寫有的動物與人產生友誼，鳥懷恩報德，多年訪問恩主的故事。奶奶選譯過一些篇，集為《鳥與獸》，你們若有興趣，可以閱讀，很有意思。

王質（生卒年代不詳）

鄆州（今屬山東）人，紹興三十年（一一六零）進士。

鷓鴣天

山行

空響蕭蕭似見呼，溪昏樹暗覺神孤。微茫山路才通足，行到山深路亦無。　尋草淺，揀林疏，雖疏無奈野藤粗。春衫不管藤搊碎，可惜教花着地鋪。

首句寫山裏似乎有些甚麼東西呼喚他，但又不知道究竟是甚麼，有聲更顯得幽靜。前兩句寫看不清楚溪水樹木，自己有孤寂之感。看不清的小路上容得下腳，但走到山深處小路也沒有了。下片寫挑選草淺樹疏的地方走，但又有粗藤阻擋（搊讀 chōu，這裏作抓住、牽掛解）。粗藤把春衫抓住弄破了。且不去管衣破，可惜花本可以在這裏自開自落，卻因這一牽扯，似乎我特意使花落了滿地似的，倒讓我覺得有些抱歉了。全詞把山行和行人的心理都寫得很細緻。「教」在這裏讀 jiāo。

沈端節（生卒年代不詳）

吳興人，寓居溧陽（今屬江蘇省）。

虞美人

去年寒食初相見，花上雙飛燕。今年寒食又花開，垂下重簾不許、燕歸來。　隔簾聽燕呢喃語，似訴相思苦。東君都不管閒愁，一任落花飛絮、兩悠悠。

因為離愁而遷怒，既厭聽燕語呢喃，又怨東風不管閒愁。這種情緒是常有的，平直寫出，不無風趣。

張孝祥（一一三二—一一七零）

歷陽烏江（今安徽和縣東北）人。紹興二十四年（一一五四）廷試第一。有人稱他平昔未嘗著藁（打草稿），筆酣興健，頃刻即成。

如夢令

木犀

花葉相遮相映，雨過翠明金潤，折得一枝歸，滿路清香成陣。風韻，風韻，寄贈綺窗雲鬢。

先寫木犀（桂）花的葉、花朵和香味，次寫折得一枝，寄贈綺窗內所愛的人。

念奴嬌

過洞庭

洞庭青草，過中秋，更無一點風色。玉鑒瓊田三萬頃，著我扁舟一葉。素月分輝，明河共影，表裏俱澄澈。悠然心會，妙處難與君說。 應念嶺表經年，孤光自照，肝膽皆冰雪。短髮蕭騷襟袖冷，穩泛滄溟空闊。盡吸西江，細斟北斗，萬象為賓客。扣舷獨笑，不知今夕何夕。

洞庭湖南邊是青草湖，二湖往往並稱為洞庭。中秋之後，風平浪靜。鑒是鏡，瓊是玉，二者形容二湖水面在月光下如鏡似玉。一葉扁舟在湖面泛遊，明月的光輝照耀着湖面，銀河向湖面投下陰影，身外水天一色，內心也同樣清澈純淨。此中妙趣，自己心領神會，但難以向別人形容。下片回憶往事，抒寫情懷。嶺表，嶺南，在五嶺以外。這裏寫的是作者於乾道二年（一一六六）被政敵誣陷，罷官取道湖南北歸，路過洞庭。孤光，指清冷的月光；自照，言自身孤獨，但內心高潔，有如冰雪。下兩句寫自己的行動：短髮輕裝，瀟灑自在，在空闊無邊的大水中，穩穩泛舟。意思是一切不如意的事都已置之度外。西江指長江注入洞庭之水；北斗指北斗七星，其形如酒勺；萬象指天地間萬物——吸盡西江的水當酒，用北斗七星作酒勺，邀天地間萬物做賓客暢飲，形象地寫出了作者的豪放胸懷。因此能扣船舷（船邊）獨自笑吟，把時間都忘記了。

呂勝己（生卒年代不詳）

建陽（今屬福建）人，曾受學於朱熹。淳熙辛丑（一一八一）為杭州守，以事罷歸。

蝶戀花

眼約心期常未定，邂逅今朝，暫得論心曲。忽墜鮫珠紅簌簌，雙眸剪水明如燭。

可恨匆匆歸去速，去去行雲，望斷淒心目。何似當初情未熟，免教添得愁千斛。

一上來只是眉目傳情，動心而無定。今早偶然相逢，短時彼此說明了相愛之情。忽然看到她簌簌落淚，雙眼亮晶晶的。但可惜她如行雲忙匆匆歸去，傷心地看不到人影了。倒不如無此一見，只有初萌的情思，免受現時的千鈞愁苦了。

趙長卿（生卒年代不詳）

自號仙源居士，南豐（今江西南豐）人，宋宗室。詞模仿張先、柳永。著有《惜香樂府》。

浣溪沙

寒食風霜最可人，梨花榆火一時新。心頭眼底總宜春。　薄暮歸吟芳草路，落紅深處鷓鴣聲。東風疏雨喚愁生。

寒食天氣雖有風霜，但不冷不熱，對人最合適。梨花榆樹一時顯得新鮮。眼前的景物，心頭的情緒，對這時春日的天氣都很適宜。傍晚在路上邊走邊吟，落紅和鷓鴣鳴叫聲引起聯想，又有微風細雨，心頭不免泛起輕愁。寫景抒情都平淡自然。

朝中措

梅

別來無事不思量，霜日最淒涼。凝想倚闌干處，攢眉應為蕭郎。　梅花豈管人消瘦，只恁自芬芳。寄語行人知否？梅花得似人香。

離別後事事思量，覺得日子淒涼難過。因為自己思念伊人，想像伊人也倚着闌干，為思念自己而愁眉不展。下片想像梅花雖然不關心人為相思而消瘦，盡自開花發香，但自己卻想到告知伊人，是不是聞到的花香應當像聞到人香一樣。

江神子

夜涼對景

彩雲飛盡楚天空，碧溶溶。一簾風，吹起荷花、香霧噴人濃。明月淒涼多少恨，恨難許、我情鍾。　相思魂夢幾時窮？洞房中，憶從容，須信別來、應也斂眉峰。

好景良宵添悵望，無計與、一樽同。

楚天指西湖一帶舊楚地的天空，雲盡一片碧藍。起了風，吹送荷花濃香撲鼻。在這淒涼的月明之夜，多恨難對伊人相訴自己情之所鍾。夢裏相思是無窮無盡的，料想別後，伊人也愁眉常斂，思念自己吧？好景良宵，心裏倍加惆悵，無法同飲一杯，共解愁懷。

訴衷情

花前月下會鴛鴦，分散兩情傷。臨行祝付真意，臂間皓齒留香。　還更毒，又何妨，盡成瘡！瘡兒可後，痕兒見在，見後思量。

兩人相愛情篤，離別情傷，伊人為表示真情，用潔白的牙齒咬嚙情人的手臂。咬得感染成瘡，但這又有甚麼關係呢？瘡好了，傷痕還在，再見時正好引起兩人的愉快回想。

辛棄疾（一一四零—一二零七）

字幼安，號稼軒。歷城（今屬山東）人。他出生時，山東已為金人所佔。幼年目睹金人對漢人的殘暴，二十一歲即參加抗金義軍。紹興三十二年（一一六二）義軍領袖耿京派辛棄疾與南宋聯繫，商談抗金問題，回來時耿京被叛將張安國暗殺，義軍已潰散。辛棄疾號召義軍萬人反正，生擒了張安國，但抗金戰事未獲成功。

辛棄疾南歸後幾十年中，一直堅持抗金主張，與主和派對抗，但始終壯志難伸。一二零七年九月，在瓢泉（今江西鉛山地）逝世。

青玉案

元夕

東風夜放花千樹，更吹落，星如雨。寶馬雕車香滿路，鳳簫聲動，玉壺光轉，一夜魚龍舞。

蛾兒雪柳黃金縷，笑語盈盈暗香去。眾裏尋他千百度，驀然回首，那人卻在，燈火闌珊處。

元夕，正月十五夜，元宵節，又稱燈節，是民間玩燈的時候。我小時看過多次，現在你們很少機會看到了。全詞寫燈節盛況和在燈光明亮處見到心愛伊人的驚喜。我讀這首詞特別覺得親切，因為引起一些童年的愉快回憶。花千樹，使我想到童年所見的「花枝」燈。幾十人舉着上面點滿蠟燭的真樹枝，排成一行緩緩行走，枝上滿是鮮艷的花朵和翠綠的葉子（人工製的）。那時候有一種習俗，你們聽起來恐怕很不理解了，我也當故事給你們談談吧。做父母的人認為早早為子女訂婚，是神聖的義務；訂過婚的女孩就不能隨便走出閨門，拋頭露面了。因此，訂過婚的男女孩子，絕無見面的機會。我們上小學的三個同學，十幾歲，都早已訂過婚了，接觸過一點「新學」，雖然對這種習俗還談不上有反抗思想，卻也不認為神聖不可侵犯了。我們竊竊私議，乘燈節的機會，偷看看家長為我們選定的意中人。花枝燈照得街兩旁很明亮，我們跟着高舉花枝燈的人邊看邊走。「眾裏尋他千百度，驀然回首，那人卻在，燈火闌珊處。」——我們看到了之後同臺靜農爺爺結成恩愛幸福夫婦的于姐。多年後談起來，我們還認為是一大快事。

那時也有做成魚形的燈隨着舞的，不過不像「龍燈」一樣由眾人擎着舞罷了。「魚龍舞」即龍舞，你們在電視裏還常看到，這是燈節必有的節目，我們童年是最喜歡看的。但我童年還看過很不愛看的「懶龍」，就是十多人高舉着一條龍，不僅不舞，也不動，只偶然晃一晃頭，彷彿剛剛醒來一樣。我們看到它很不耐煩，之後就不再見它登場了。我那時就想，中國人民是勤勞的，舉着它加入燈會，大概有點諷刺的意味，之後像自然界的恐龍一樣，遭到淘汰了。

現在我們講講詞的本身吧。頭三句，一說都泛指各種燈，既像萬樹花開，又像吹落了滿天星斗。總之是燈既美又多。又有人引《東京夢華錄》：京師各坊巷以竹竿出燈球放半空，遠近高低，若飛星然。一說前三句是寫「放花」：先說初放，次說放後，花和星都是幻景。第四句寫騎良馬坐華美車輛看燈的人很多，香風陣陣。鳳簫，形參差如鳳翼，聲如鳳鳴，故名。玉壺，月亮；月下落，天色漸晚（光轉），但魚龍燈還徹夜舞動。蛾兒、雪柳、黃金縷，婦女的裝飾品，泛指華裝的婦女。邊談邊笑，儀態優美，散發着香味過去了，在眾人中千百次尋找意中人都未見到，忽然回頭，卻見到那人兒在燈火稀少的地方呢。

摸魚兒

淳熙己亥，自湖北漕移湖南，同官王正之置酒小山亭，為賦。

更能消幾番風雨，匆匆春又歸去。惜春長怕花開早，何況落紅無數。春且住，見說道，天涯芳草無歸路。怨春不語，算只有殷勤，畫檐蛛網，盡日惹飛絮。　長門事，準擬佳期又誤，蛾眉曾有人妒。千金縱買相如賦，脈脈此情誰訴？君莫舞，君不見、玉環飛燕皆塵土。閒愁最苦。休去倚危欄，斜陽正在，煙柳斷腸處。

淳熙己亥，南宋孝宗淳熙六年（一一七九）。作者調任湖南轉運副使（漕是省稱）。王正之是作者的同事。小山亭在鄂州（今武昌），湖北轉運副使官署內。

消，經得住。經不起幾番風雨，春天就匆匆過去了。長怕，總是怕，因為珍惜春天，怕花開得太早，可是現在花已經謝落不少了。春天先留下莫走吧，聽說（見說）天涯長滿芳草，已經沒有回去的路了。可恨春並不答話。只有畫檐下的蜘蛛網還算殷勤，整天把柳絮捕捉住，算是留住春的痕跡吧。

這首詞是有象徵意義的，上片寫的是惜春歸去，實際是比喻北宋大片河山被金人侵佔之後，南宋並無收復失土的心，國事更是亂糟糟的，作者抗金的主張無法實現。落紅無數，春歸無路，蛛網捕絮，都是上言情況的形象化描寫。下片長門事五句，表面寫的是：漢武帝的陳皇后失寵，幽居長門宮，贈百斤黃金給司馬相如，請他寫賦，感動皇帝，使與后言歸於好。事實上並未做到，因為有人嫉妒，深情無法申訴。實際比喻作者一片抗金愛國熱忱，被人讒妒，無法實現。君莫舞，勸你們（指爭權奪利，誹謗排擠作者的群小）不要歡舞吧，因為玉環、飛燕都已經化為塵土了。玉環是唐玄宗的愛妃楊貴妃，飛燕是漢成帝的皇后趙飛燕，都是一時的走紅人物，用以比喻得意的群小。她們既已化為塵土，你們也要因亡國而同歸於盡了。末寫南宋的慘淡危急情況。

破陣子

為陳同甫賦壯詞以寄之

醉裏挑燈看劍，夢回吹角連營。八百里分麾下炙，五十弦翻塞外聲。沙場秋點兵。

馬作的盧飛快，弓如霹靂弦驚。了卻君王天下事，贏得生前身後名，可憐白髮生。

陳同甫名亮，作者的友人。

挑燈，把燈光撥亮些。吹角連營，許多兵營裏都吹起軍中的號角。醉裏看劍，夢中聽角，都表明身心時時離不開軍隊。八百里四句，不如給你們講講有關的故事，或許更容易明白。《世說新語》裏說，王君夫有一頭牛，起名「八百里駮」（駮讀bó，猛獸名），自己很喜愛，常把牛的蹄角擦得很亮。王武子對王君夫說，我射箭的功夫不如你，可是想以射牛賭個輸贏，你意下怎樣？君夫自恃箭術高明，而且忖度他不會殺傷自己心愛的牛，便讓武子先射。不料武子一箭射死了牛，還令人速取牛心烤熟，吃了一片就走了。八百里借指烤牛肉。分麾下炙，就是分給軍隊烤了吃。五十弦，指瑟，原為五十弦，後改為二十五弦，詩中有時稱錦瑟。這句寫邊奏，表現邊塞生活的塞外音樂。這是秋季點兵的情況。

馬作，和弓如相對，作，意思與如相同。馬的前額白色直到口齒的，稱為的盧。這種馬照《相馬經》說跑得快，但乘者不吉。這句說馬像的盧一樣跑得如飛迅速。霹靂，閃電並有雷聲，全句寫射箭有力，聲音大如霹靂。了卻，辦完了；君王天下事，指抗金勝利，收復失土，這樣就可以生前死後都得到名聲了。但末句表明：現在已經白髮，理想並未實現，不免感慨萬端。全詞多寫回憶，輕點現實，有畫龍點睛之妙。

鷓鴣天

鵝湖歸，病起作

枕簟溪堂冷欲秋，斷雲依水晚來收。紅蓮相倚渾如醉，白鳥無言定自愁。　書咄咄，且休休。一丘一壑也風流。不知筋力衰多少，但覺新來懶上樓。

鵝湖在江西鉛山縣東。枕頭蓆子都涼了，有將到秋天的樣子，水邊的雲晚來也散了。紅蓮如醉，白鳥無言，情景十分幽美，表現了病癒後閒逸心情。下片前句（書咄咄）的解釋有分歧，我想最好先給你們講個小故事。晉代有個殷浩，被罷官放逐之後，表面並無怨言，彷彿處之坦然，但終日對空書寫「咄咄怪事」四字。有的註者說，「書咄咄」是用這個典故。但另有註者說，殷浩是個官迷，清高是偽裝的，品格與作者正好相反，作者絕不會用這個故事，以殷自喻。你們問我，這兩句倒是啥意思呢？這倒使我有點為難了。我就姑妄言之，你們也就姑妄聽之吧。晉代詩人有這樣兩句詩：「冉冉逝將老，咄咄奈老何！」

作者當然想到這兩句詩，但詞末一句嘆老的心情，同詩意很相近，書咄咄只是年老身閒，做點事兒消遣。且休休，也還得講個小故事：《舊唐書》中說司空圖作過一篇《休休亭記》，其中說：「蓋量其才，一宜休，揣其分，二宜休，耄且聵，三宜休。又少而惰，長而率，老而迂，是三者皆非濟時之用，又宜休也。」總之，自以為才淺、年老、迂腐、耳聾，不足濟時，以休為好。作者未必想到這些，但一面憤世，因欲濟時而不得，一面惜無奈老何，因覺懶上樓。但作者對祖國的山河還是熱愛的：「一丘一壑也風流」嘛；不過大部份河山已被金佔，破碎不堪了，最後的「懶上樓」似乎就有弦外之音了。

定風波

暮春漫興

少日春懷似酒濃，插花走馬醉千鍾。老去逢春如病酒，唯有、茶甌香篆小簾櫳。

卷盡殘花風未定，休恨，花開元自要春風。試問春歸誰得見？飛燕、來時相遇夕陽中。

上片將青少年時期和老年時期生活加以對比，特別逢春情懷大異。但不同時期有不同生活是自然規律，作者的態度，可以從下片對待春風的兩句詩中看出。這是達觀的。當然我們知道，作者老年還胸懷壯志，關心國家命運，時時作詞抒懷，並不是只飲茶、焚香、默坐。想像春和飛燕在夕陽中相遇，詩情也不減當年。

清平樂

檢校山園書所見。

連雲松竹，萬事從今足。拄杖東家分社肉，白酒床頭初熟。　西風梨棗山園，兒童偷把長竿。莫遣旁人驚去，老夫靜處閒看。

首句寫松竹已經長到高入天空了，山園裏可算萬事俱備了。社，指社日，民間祭土地神的節日，既分到肉，又有白酒，可以過小康的生活了。下片寫梨棗滿園，兒童持竿欲偷，老人頗有風趣，只想在靜處看看，不願讓別人去驚動他們。

清平樂

茅檐低小，溪上青青草。醉裏吳音相媚好，白髮誰家翁媼。　大兒鋤豆溪東，中兒正織雞籠。最喜小兒無賴，溪頭看剝蓮蓬。

寫農村景象和農民生活，生動清新，好像一首很好的田園牧歌。頭兩句寫低矮茅舍和周圍有溪有草。以下寫到人：一對老年男女（翁媼是老年夫婦尊稱）微醉用吳語（江浙一帶的話）交談，相媚好既形容吳音柔美，也形容夫婦感情融和。大兒鋤豆，中兒織籠，都幹着農村常見的活。小兒不幹甚麼活，只在河邊看剝蓮蓬（一作「臥剝」，那就是還幹一點活或者剝了自己吃），天真好奇的憨態引得老夫婦最為疼愛。「無賴」有頑皮淘氣而令人喜愛的含意，「最喜」二字就把含意點得很清楚了。

人生是多彩的，海闊天空的場面固然令人驚嘆，碎錦組成的畫圖，不也很可喜愛嗎？

清平樂

獨宿博山王氏庵

繞床飢鼠，蝙蝠翻燈舞，屋上松風吹急雨，破紙窗間自語。　平生塞北江南，歸來華髮蒼顏。布被秋宵夢覺，眼前萬里江山。

博山，山名，離今江西廣豐縣西南約三十里。庵，茅舍。

上片寫茅舍內情況：飢鼠、蝙蝠亂跳旋飛，屋上狂風急雨，窗紙破了，彷彿在自言自語。寫得十分生動。下片回憶抒情，文字精練，感情深刻。平生句寫他為國事（抗金）在塞北江南多地奔波。歸來句寫淳熙八年（一一八一）作者罷官回到上饒家中，雖才四十多歲，卻已經頭髮灰白，面色蒼老了。秋夜已涼，又心事重重，所以容易夢醒，但所關懷的還是祖國萬里江山被金侵佔，自己恢復國土的壯志未酬是一大憾事。

滿江紅

敲碎離愁，紗窗外、風搖翠竹。人去後，吹簫聲斷，倚樓人獨。滿眼不堪三月暮，舉頭已覺千山綠。但試將、一紙寄來書，從頭讀。　相思字，空盈幅；相思意，何時足。滴羅襟點點，淚珠盈掬。芳草不迷行客路，垂楊只礙離人目。最苦是、立盡月黃昏，闌干曲。

詞寫離愁別恨。前三句寫窗外風搖翠竹，激起離愁。次寫人去後再也聽不到簫聲，只有獨倚闌干思念了。樓外暮春景色也不能使人安慰，只有重讀來信，聊以自慰了。下片寫信中雖充滿相思字句，但不足解慰相思之情。因而滿眼淚珠滴濕羅襟。道路不能阻止人前來，但垂楊卻礙人眼目不能相見。月夜黃昏，倚闌獨立是最苦的了。

滿江紅

暮春

家住江南，又過了、清明寒食。花徑裏，一番風雨，一番狼藉。紅粉暗隨流水去，園林漸覺清陰密。算年年、落盡刺桐花，寒無力。　庭院靜，空相憶；無說處，閒愁極。怕流鶯乳燕，得知消息。尺素如今何處也，彩雲依舊無蹤跡。謾教人、羞去上層樓，平蕪碧。

清明過後，已到暮春，一經風雨，便落花狼藉，顯得亂糟糟。佳人他去，綠蔭漸密，刺桐花落盡，春寒也不太厲害。庭院幽靜，白白想念，又無處訴苦。如今書信無處可寄，佳人仍不知在甚麼地方。青草平原，遙遙千里，使人不好意思登樓遠望，因怕黃鶯乳燕知情見笑。

王孫信

調陳翠叟

有得許多淚，又閒卻、許多鴛被。枕頭兒、放處都不是，舊家時，怎生睡？更也沒書來，那堪被、雁兒調戲？道無書，卻有書中意：排幾個、人人字。

此調見《稼軒詞》，原名尋芳草，自註一名王孫信。調，戲贈。陳翠叟大概是作者的友人。詞寫夫婦離開，夫思念流淚，連枕被都異樣了，無法入睡。又沒有書信前來，雁兒卻開玩笑，排成人字隊兒，也就算是書信吧！

臨江仙

手撚黃花無意緒，等閒行盡迴廊。卷簾芳桂散餘香。枯荷難睡鴨，疏雨暗池塘。　憶得舊時攜手處，如今水遠山長。羅巾浥淚別殘妝。舊歡新夢裏，閒處卻思量。

黃花（菊花）、桂花、枯荷都表示秋景。這時情緒不佳，只隨便在迴廊裏閒步。下片説明因為昔日攜手同遊的人，現在已經隔着萬水千山了。不過有時還在新夢裏回憶舊歡。

西江月

夜行黃沙道中

明月別枝驚鵲，清風半夜鳴蟬。稻花香裏説豐年，聽取蛙聲一片。　七八個星天外，兩三點雨山前。舊時茅店社林邊，路轉溪橋忽見。

黃沙嶺，在江西上饒縣西。

首句說鵲因月明受驚，從一枝跳到另外一枝。這句同第二句對得極工：明月、清風；別枝、半夜；驚鵲、鳴蟬。全對得很好。三四句寫稻香蛙聲，把二者聯繫起來，彷彿蛙聲預報豐年，就更富有詩的風味了。下片頭二句似乎隨手寫來，但也有文學聯想：唐盧延讓有《松寺》一詩，中有兩句：「兩三條電欲為雨，七八個星猶在天。」文學聯想可以提高並豐富文學欣賞能力，十分重要，但我並無學力，多為你們舉例，目前也無必要，因為只是啓蒙。不過，有這點常識，長大讀書多留心就好了。同時不要作鑽牛角尖的學究。

社，土地祠。習俗在祠旁種植本地常見易長的樹木，社林即指這些樹。舊時常見的茅店，轉過橋邊，忽然又見到，驚喜之情很富有感染力量。

西江月

遣興

醉裏且貪歡笑，要愁那得工夫。近來始覺古人書，信著全無是處。　昨夜松邊醉倒，問松我醉何如？只疑松動要來扶，以手推松曰：「去！」

醉態寫得十分活躍。你們看，所用的只是一個細節，就收到很大的藝術效果，這是應當細細體會的。順便對你們談點人生哲學吧！歡笑不要多愁，對身心平衡發展很有好處，希望你們能身體力行。至於「古人書，信著全無是處」，卻要經過思考，哪些是應該相信，哪些是應該不信的，哪些是應該實踐的，哪些是應該拋棄的。這句詞教人不要迷信，倒是很好的勸告。我們選讀的詩詞，也不是篇篇都是珠玉，你們喜歡的，可以隨意背誦，不喜歡的，讀讀就完了。當然這也不能絕對化，不喜歡的，或者因為經驗不足，未能體會。欣賞能力也要經驗深化多樣，才可以逐步提高。

醜奴兒

書博山道中壁

少年不識愁滋味，愛上層樓。愛上層樓，為賦新詞強說愁。　而今識盡愁滋味，欲說還休。欲說還休，卻道天涼好個秋。

博山在江西廣豐縣西南三十里，離作者所居信州（今江西上饒）不遠，他常來往二地道中。

上片說少年時天真爛漫，本無愁無慮，愛上高樓，只是為玩耍。但為要寫新詞，無愁而勉強說愁。當然這種愁也不過傷花落春去。下片的愁卻包括作者的人生經歷：抗金之志未酬，遭投降派誹謗排擠，等等。這種愁關係到民生國事，多說倒容易惹禍，所以只好悶在心裏，欲說還休，只說秋天很涼快了。全詞文字淺顯，老少對比也平平常常，但感情沉痛深厚，意境崇高。

臨江仙

壬戌歲生日書懷

六十三年無限事，從頭悔恨難追。已知六十二年非，只應今日是，後日又尋思。少是多非惟有酒，何須過後方知？從今休似去年時：病中留客飲，醉裏和人詩。

壬戌是嘉泰二年（一二零二）。在人生旅程中，覺今是而昨非，是心理的常態。在人的一生中，總難免犯這樣或那樣的錯誤，只要知過必改，也不必形成精神上的負擔，影響前進。《淮南子》載：蘧伯玉行年五十，知四十九年之非。作者此時已是六十三歲，所以說已知六十二年非。詞中所說病中留客，醉裏和詩，略可見作者的真性情，他還以此自責，可見在大的原則問題上（例如主戰抗金），他是會更嚴格要求自己的了。這是你們應當思考學習的地方。

劉過（一一五四—一二零六）

吉州太和（今江西泰和）人。字改之，號「龍洲道人」。曾上書提出恢復中原方略，未被採用。曾與辛棄疾以詞相酬和。後流浪以終。

沁園春

寄稼軒承旨，時承旨招不赴

斗酒彘肩，風雨渡江，豈不快哉！被香山居士，約林和靖，與坡仙老，駕勒吾回。坡謂西湖，正如西子，濃抹淡妝臨鏡台。二公者，皆掉頭不顧，只管銜杯。　白雲「天竺去來，圖畫裏、崢嶸樓閣開。愛縱橫二澗，東西水繞；兩峰南北，高下雲堆」。逋曰「不然，暗香浮動，不若孤山先探梅」。須晴去，訪稼軒未晚，且此徘徊！

嘉泰三年（一二零三），作者在杭州，辛棄疾邀請他去紹興一遊，劉過寫此詞答覆，先不能去。據說辛見詞大喜，之後還邀劉去宴遊一月。

劉在詞中把三個不同時代的詩人拉到一起，各用他們詩意爭論應先遊何地，想像奇特，富有風趣。最後點明不負友人相邀之情，感情真摯，文字自然。

首三句寫攜帶斗酒豬肩，不畏風雨，渡過錢塘江，會友暢遊，談詩論文，豈不是一大快事！可是被白居易（香山居士）、林和靖、蘇東坡（坡仙老）強留下來，走不脫。詞先用蘇東坡詩意，勸大家先遊西湖。蘇詩是這樣的：「湖光瀲灩晴方好，山色空濛雨亦奇。欲把西湖比西子，淡妝濃抹總相宜。」可是其他二公對此掉頭不顧，只管飲酒。下片先用白居易詩意，強調天竺山美景，勸大家先去遊玩那裏。白居易有這樣詩句：「樓殿參差倚夕陽」（《西湖晚歸回望孤山寺贈諸客》），「湖上春來似畫圖」（《春題湖上》），「東澗水流西澗水，南山雲起北山雲」（《寄韜光禪師》）。劉詞把詩句融合而成。林逋隱居孤山，喜歡梅花，曾作詩吟詠，有這樣一首：「眾芳搖落獨暄妍，佔盡風情向小園。疏影橫斜水清淺，暗香浮動月黃昏。霜禽欲下先偷眼，粉蝶如知合斷魂。幸有微吟可相狎，不須檀板共金尊」。（《山園小梅二首》之一）他主張先去孤山探梅。這三位詩人都與杭州有密切關係，又都寫過與當地名勝有關的詩，這種文學聯想更增加詞的詩趣。

姜夔（約一一五五—一二二一）

字堯章，因居吳興武康，與白石洞天為鄰，因號「白石道人」。鄱陽（今屬江西省）人，一生未做過官。常在鄂、贛、皖、蘇等地間漫遊，在杭州逝世。有《白石詞》一卷。

長亭怨慢

予頗喜自製曲，初率意為長短句，然後協以律，故前後闋多不同。桓大司馬云：「昔年種柳，依依漢南；今看搖落，淒愴江潭。樹猶如此，人何以堪！」此語予深愛之。

漸吹盡、枝頭香絮，是處人家，綠深門戶。遠浦縈迴，暮帆零亂向何許。閱人多矣，誰得似長亭樹？樹若有情時，不會得青青如此。　日暮，望高城不見，只見亂山無數。韋郎去也，怎忘得玉環分付？第一是早早歸來，怕紅萼無人為主。算空有并刀，難剪離愁千縷。

桓大司馬，為桓温。他的話只有「樹猶如此，人何以堪？」序中六句，出庾信的《枯樹賦》。

詞首句寫暮春時節，柳絮已漸被風吹盡了。二三句寫所愛人的家屋，在綠林深處。四五句寫遠處有水環繞，傍晚可見零亂船帆，不知要開到甚麼地方去。此處似想像船中旅客，應有懷離愁別恨的，因此寫到驛站十里長亭邊的樹，若有情，應會同樣感到離愁，不會如此青青。這就聯繫到序中的「樹猶如此，人何以堪」，也與全詞的意思貫通了。下片日暮三句寫不見高城，只見亂山，可見環境荒涼，更增加寂寞感了。關於韋郎和玉環有這樣一段故事：「韋皐遊江夏，與青衣玉簫有情，約七年再會，留玉指環。八年，不至，玉簫絕食而歿。後得一歌姬，真如玉簫，中指肉隱如玉環。」（見《雲溪友議》）以下以韋郎和玉環做比喻，顯然係懷人之作。二人也終於未再會合，所以說雖有并州所產的鋒利剪刀，也剪不斷千縷離愁。

暗香

辛亥之冬，余載雪詣石湖。止既月，授簡索句，且徵新聲，作此兩曲，石湖把玩不已，使工妓肄習之，音節諧婉，乃名之曰《暗香》《疏影》。

舊時月色，算幾番照我，梅邊吹笛？喚起玉人，不管清寒與攀摘。何遜而今漸老，都忘卻、春風詞筆。但怪得竹外疏花，香冷入瑤席。　江國，正寂寂。嘆寄與路遙，夜雪初積。翠尊易泣，紅萼無言耿相憶。長記曾攜手處，千樹壓、西湖寒碧。又片片吹盡也，幾時見得？

辛亥，宋光宗紹熙二年（一一九一）。石湖在蘇州西南，通太湖。范成大住在這裏，號「石湖居士」。《暗香》《疏影》，取自林逋《山園小梅》：「疏影橫斜水清淺，暗香浮動月黃昏。」

詞的頭五句是往事回憶：幾次月夜在梅邊吹笛，並冒清寒，與所愛的人一同攀折梅花。何遜八歲即能賦詩，曾做過揚州法曹（官名），官署內有梅花一株，遜常在樹下吟詠。之後住在洛陽，很想念這株梅花，再往揚州，梅正盛開，遜終日觀賞，不忍離去。作者以何遜愛梅自喻，但自嘆漸老，詩情不像以前濃厚了。「但怪」三句寫范成大宴請賞梅，聞到竹外梅香，又引起往事回憶。下片先寫「江國」，指江南水鄉，「寂寂」，冷清清的。次嘆息路遠雪積，無法寄梅以表相思之情，又嘆往事徒成空憶。寄梅是用吳陸凱寄梅給范曄的故事。在西湖攜手共賞千樹梅花的舊歡已經是一去不復返，但是千樹梅花依然靠近雪後的西湖碧水開放。梅花將片片落盡，不知何時能再見梅開的美景。慨嘆「翠尊易泣，紅萼無言耿相憶」（「酒入愁腸，化作相思淚」，梅花無言相慰），是很自然的了。

疏影

苔枝綴玉，有翠禽小小，枝上同宿。客裏相逢，籬角黃昏，無言自倚修竹。昭君不慣胡沙遠，但暗憶，江南江北。想佩環，月下歸來，化作此花幽獨。　猶記深宮舊事，那人正睡裏，飛近蛾綠。莫似春風，不管盈盈，早與安排金屋。還教一片隨波去，又卻怨、玉龍哀曲。等恁時，重覓幽香，已入小窗橫幅。

苔是苔梅，有兩種，一種枝幹上苔蘚特厚而花多，一種苔如綠絲，長一尺餘。詞首句寫苔梅枝上開着白花。二三句寫枝上有一雙翠鳥同宿。客裏，指在范成大家做客，下兩句寫梅樹像美人一樣，黃昏時在籬邊自倚修竹，默默無言。昭君以下幾句是以她比喻梅花。昭君即王昭君，原為漢元帝宮人，為和親，嫁給匈奴的單于。死後即葬在異域，墓上的草長青，因名青塚，遺址在呼和浩特境內。詞寫她不耐胡地風沙之苦，心中暗暗懷念故國江南江北，因此月夜歸來，化為幽獨的梅花。這種想像，以前的人也有過。姜詞復用，比喻極著。有人認為隱含北宋亡國，欽徽二帝被擄之悲。下片前三句又用了一個與梅花有關的故事，也就是「深宮舊事」：南朝宋武帝的女兒，一天睡在含章殿簷下，梅花飄落到她的額上，留下五瓣花影，兩日後才洗掉，之後仿之做梅花妝。蛾綠，染黛的眉。莫似三句有惜花之意，想安排金屋儲藏，以免春風「不管盈盈」（不顧梅花之美色），把梅花早早吹謝。「金屋」雖只做比喻，也涉及一個小故事：漢武帝的姑母有個女兒，名叫阿嬌，武帝幼時，她指着阿嬌問他，「阿嬌好否？」武帝笑對：「若得阿嬌作婦，當作金屋貯之也。」玉龍，笛子，玉形容其華美裝飾，尤形容其聲音。「哀曲」，指笛曲《梅花落》。恁時，甚麼時候；

幽香指梅花；末句說只有在畫幅中求之了。

《暗香》和《疏影》，一般認為是姜夔的代表作，因為用典和化用別人詩句多，比較難懂，解釋也很不一致。我只能講講大意，不一定完全準確。

李從周（生卒年代不詳）

眉州（今四川眉山）人。精六書之學，曾著《字通》。

謁金門

花似匝，兩點翠娥愁壓。人又不來春且恰。誰留春一霎。　消盡水沉金鴨，寫盡杏箋紅蠟。可奈薄情如此黠，寄書渾不答。

女面如花，愁容壓着雙眉。春光正好（恰），但人卻不來。誰能把春留住一會兒呢？熏爐裏的香已經消盡，杏紅色的蜀箋已經寫完，紅燭也點完了，無奈薄情的人如此狡猾，寄信去他全不理。

清平樂

美人嬌小，鏡裏容顏好，秀色侵人春帳曉。郎去幾時重到？　叮嚀記取兒家：碧雲隱映紅霞，直下小橋流水，門前一樹桃花。

頭兩句形容女子嬌美。次兩句寫離別時她問情人幾時重來。下片寫她叮嚀情人莫要忘了她家周圍美景，寫景實已抒了盼歸之情。少女癡情憨態寫得含蓄微妙。

劉克莊（一一八七—一二六九）

莆田（今屬福建）人。宋理宗淳祐六年（一二四六）賜同進士出身。他反對南宋政權妥協苟安，渴望恢復北方土地，因作落梅詩被讒免官，病廢十年。詞風近辛棄疾。

清平樂

五月十五夜玩月

風高浪快，萬里騎蟾背。曾識姮娥真體態，素面原無粉黛。　身遊銀闕珠宮，俯看積氣蒙蒙。醉裏偶搖桂樹，人間喚作涼風。

詞運用神話材料，抒寫豪邁懷抱和豐富想像。首兩句寫騎在蟾蜍背上（古代傳說月上有蟾蜍），乘風破浪萬里，到月宮遊玩。三四句寫在月宮見到偷食仙丹奔月的嫦娥，原來不施粉黛，面部素美。下片續寫遊覽月中華麗宮殿，向下面一看，霧氣蒙蒙。醉裏搖動月中的桂樹，人間便颳起了涼風。你們敢這樣暢快地遊玩一番嗎？我希望你們敢！要騎在蟾蜍背上才有意思。

一翦梅

余赴廣東，實之夜餞於風亭。

束縕宵行十里強，挑得詩囊，拋了衣囊。天寒路滑馬蹄僵，元是王郎，來送劉郎。

酒酣耳熱說文章，驚倒東牆，推倒胡床。旁觀拍手笑疏狂，疏又何妨，狂又何妨！

赴廣東，指作者到廣東潮州去就通判職。實之是作者的友人王實之，二人常有詩唱和。束縕，把長袍束起來，以便夜行。胡床是便於攜帶的交椅。下片寫二人酒酣談詩論文，使旁觀者笑為疏狂，但他們並不在乎。全詞寫得自然生動。

長相思

朝有時，暮有時，潮水猶知日兩回。人生長別離。　來有時，去有時，燕子猶知社後歸。君行無定期。

這是恨離別的閨怨詞。上片寫早晨和晚上都有定時，潮水漲退每天兩次也有一定規律，而人生卻聚別無定，聚少離多。下片寫燕子春社來，秋社去，也有定時，而你卻行止毫無定期。

吳潛（一一九六—一二六二）

宣州寧國（今屬安徽）人。一說德清（今屬浙江）人。嘉定十年（一二一七）進士第一。曾任左丞相，兼樞密使。後被劾謫。

訴衷情

幾回相見見還休，説着淚雙流。又聽畫角嗚咽，都和作、一團愁。　雲似絮，月如鈎。憶憑樓。蕙蘭情性，梅竹精神，長在心頭。

回憶往事。上片寫幾次相見，又垂淚分別，畫角嗚咽，形成一團離愁。下片寫浮雲新月，伊人憑闌獨立情況。下三句寫心頭常記着伊人的如蘭似蕙的性情和如竹如梅的精神。這也就是説她心靈純潔、品格堅貞。

如夢令

樓外殘陽將暮，江上孤帆何處？搔首立東風，又是少年情緒。凝佇，凝佇，一抹淡煙輕霧。

遠看樓外，太陽即將落完，時近黃昏，江上孤帆，不知開往何處，佇立良久，周圍只有一抹淡煙輕霧。環境是夠清幽的了。「少年情懷似酒濃」，這時萬種情緒湧上心頭，是人生常有的經驗，詞只點到這一瞬間，而不鋪陳瑣述，留給讀者結合自己的經驗思索，含蓄而極有韻味。

少年時期，人的生理和心理上都發生劇烈變化，喜怒哀樂的情緒紛至沓來，往往使人暈頭轉向，保持不了身心的平衡。第一，要了解這種現象是正常的，不要有任何恐懼心理。第二，要有知識和勇氣，抓緊時機，使生活向高、深、廣處發展。時時記住：「莫等閒白了少年頭，空悲切！」

如夢令

鎮日春陰漠漠，新燕乍穿簾幕。睡起不勝情，閒拾瑞香花萼。寂寞，寂寞，沒個人人如昨。

漠漠，瀰漫的意思。韓愈有這樣一句詩：「漠漠輕陰晚自開。」新燕表明是初春時節。瑞香是木本花木，我只在故鄉見過，是我父親培植的。末句說明寂寞的原因。

黃孝邁（生卒年代不詳）

字德父，號雪舟，有《雪舟長短句》，不存。現僅存詞兩首。關於他的其他事跡毫無所知。

湘春夜月

近清明，翠禽枝上銷魂。可惜一片清歌，都付與黃昏。欲共柳花低訴，怕柳花輕薄，不解傷春。念楚鄉旅宿，柔情別緒，誰與溫存？　空樽夜泣，青山不語，殘月當門。翠玉樓前，唯是有，一波湘水，搖蕩湘雲。天長夢短，問甚時、重見桃根？這次第、算人間沒個并刀，剪斷心上愁痕。

時近清明，翠禽歌聲雖然動聽，可惜只供黃昏欣賞。意外表示作者對它並不關心。柳花輕薄，不解傷春，心情也無法向它低訴。自己在楚地旅舍，孤苦寂寞，惜別柔情，無人可以安慰。下片寫對酒看山，也只見到雲彩在湘水上飄動，對自己並無同情。原因是夜長夢短，不知何時能重見桃根。王羲之的妾桃葉之妹名桃根，這裏借指所愛的人。并刀是山西所產的鋒利的剪刀，又沒有它能剪斷愁緒。

水龍吟

閒情小院沉吟，草深柳密簾空翠。風檐夜響，殘燈慵剔，寒輕怯睡。店舍無煙，關山有月，梨花滿地。二十年好夢，不曾圓合。而今老、都休矣。　誰共題詩秉燭，兩厭厭，天涯別袂。柔腸一寸，七分是恨，三分是淚。芳信不來，玉簫塵染，粉衣香退。待問春，怎把千紅換得、一池綠水。

上片着重寫環境景物，都借景表現作者憶舊的寂寞心情，沒有甚麼難懂的地方。風檐夜響，是舊時樓檐下往往有小鈴，有風時發出輕柔聲音，你們或者沒有聽過。下三句寫年歲已老，二十年前好夢是無法重圓的了。下片寫舊時聚首題詩，秉燭夜遊之樂，現在卻不通音信，玉簫上積有塵土，衣上香味也沒有了。末三句寫春季花開不能同賞，殘紅凋謝，只留下一池綠水了。

吳文英（約一二一二—一二七二）

四明（今屬浙江）人。本姓翁，入繼吳氏。號夢窗，有《夢窗詞稿》四卷，補遺一卷。

風入松

聽風聽雨過清明，愁草瘞花銘。樓前綠暗分攜路，一絲柳一寸柔情。料峭春寒中酒，交加曉夢啼鶯。西園日日掃林亭，依舊賞新晴。黃蜂頻撲鞦韆索，有當時纖手香凝。惆悵雙鴛不到，幽階一夜苔生。

清明時節常有風雨，自然也多落花；愁草是不樂意寫，瘞（音伊）花，葬花，「瘞花銘」是借用庾信的篇名。綠暗分攜路，折柳相贈分手的地方，寸寸柳絲都表現惜別的柔情。料峭，寒冷貌；中酒，病酒；交加，冷與病酒輪流使人難受。這句和「曉夢啼鶯」是進一步渲染離愁。下片寫天晴時還天天打掃林亭，欣賞園中景物。看到黃蜂撲鞦韆索，當是伊人的手留下的香味還殘存在索上。雙鴛，鴛鴦總是成對的，這裏用以比喻鞋，也就是不見伊人的蹤跡了。「一夜苔生」是誇張寫法，其實久無人走過，清明又多雨，階上生苔是很自然的。

浣溪沙

門隔花深夢舊遊，夕陽無語燕歸愁，玉纖香動小簾鉤。　落絮無聲春墮淚，行雲有影月含羞。春風臨夜冷於秋。

首句寫花繁茂遮掩門戶，是夢到或憶及的舊遊地方。二句寫夕陽西下，燕子歸來，並無呢喃燕語，似是含愁。三句寫伊人的纖細香手撥動小簾上的鉤。這兩句寫夢或憶中的情景，言外有地方依舊，人已遠去之意。下片第一句寫柳絮無聲落地，彷彿春在流淚，二句寫月亮被行雲所掩，彷彿她在含羞。末句寫入夜春風颼着，比秋天還要冷，寫景而使人有淒清之感。

朝中措

聞桂香

海東明月鎖雲陰，花在月中心。天外幽香輕漏，人間仙影難尋。　并刀剪葉，一枝曉露，綠鬢曾簪。惟有別時難忘，冷煙疏雨秋深。

詞寫因聞到桂花香而引起的聯想。傳説月亮中心有一株桂花，上片即聯想到這個傳説，明月把陰雲驅散時，月中的桂花散發出幽香來，但在人間只聞到花香，卻找不到仙影，即見不到意中人。下片因聞到桂香，回憶起一件往事：曾用鋒利的剪刀剪去桂葉，將一枝帶着朝露的桂花，插到伊人的頭髮上面。在深秋的冷煙疏雨中分別時的情形，是最令人難忘的。聞到桂香，就覺得天上人間都充滿了離愁別恨。

唐多令

何處合成愁，離人心上秋。縱芭蕉不雨也颼颼。都道晚涼天氣好，有明月，怕登樓。　年事夢中休，花空煙水流。燕辭歸、客尚淹留，垂柳不縈裙帶住，漫長是、繫行舟。

首句説心字上加一秋字，就合成了愁字。而這心是離人的。意思是説，離人的心上總免不了愁。即使天不下雨，芭蕉的葉子也颼颼作響。月明之夜，天氣涼爽，離人也怕登樓遠望，引起悲愁。年事，年歲，像落花流水一樣，在夢中消逝了。燕子是候鳥，到時候就回去了，而我（客）卻久留在外（淹留），不能歸去。垂楊不把所愛的女子的裙帶繞住（縈），卻總是繫住我的行舟，即不使心愛的人不離開，卻把我久留在外。

徐君寶妻（生卒年代不詳）

岳陽（今屬湖南省）人，不知其姓名，只從下詞略知她的一段悲慘歷史。

滿庭芳

漢上繁華。江南人物，尚遺宣政風流。綠窗朱戶，十里爛銀鉤。一旦刀兵齊舉，旌旗擁，百萬貔貅，長驅入，歌樓舞榭，風捲落花愁。　清平三百載，典章文物，掃地俱休。幸此身未北，猶客南州。破鑒徐郎何在？空惆悵，相見無由。從今後，斷魂千里，夜夜岳陽樓。

漢上，指漢水流域，包括岳陽等幾個大城市，在當時還比較繁華。江南與漢上為互文，也就是指同一地區，風流人物也還有。從這兩方面看，還有宋徽宗年號政和、宣和時期的遺風。那時候用油漆粉刷的豪華房屋（綠窗朱户），門窗的銀鉤閃閃發光，長達十里。追述這種表面繁榮，實際是對南宋末年苟安局面的鞭撻。與下文所寫成為鮮明對照，增加了藝術效果。「一旦」以下，寫元軍兇如貔貅（讀pí xiū，猛獸名，一說牡者為貔，牝者為貅）。長驅直入，將歌舞樓台，典章文物，摧毀無遺，像風捲落花一樣。這種悲慘的亡國現象使人愁苦。「幸此身未北」以下，從一般描寫轉入個人遭遇，使鄉國之憂更為深化。元兵攻佔漢水流域各大城市，其中有詞人故鄉岳陽，這時她的丈夫徐君寶失蹤，她本人被擄，但未被擄到北方，卻帶到了杭州（猶客南州），擄她的人想強娶她，她投水自殺，死前寫了這首詞。她雖想同她丈夫破鏡（鑒）重圓，但不知他在甚麼地方，無法相見。徒增惆悵。末三句寫死後的靈魂不會忘記故鄉岳陽和丈夫，還要夜夜到千里之外的岳陽樓凝望。

文及翁（生卒年代不詳）

綿州（今四川綿陽縣）人，後移居吳興。寶祐元年（一二五三）進士，曾任官職。元兵將至時，棄官而去，終不再出。

賀新郎

一勺西湖水，渡江來，百年歌舞，百年酣醉。回首洛陽花世界，煙渺黍離之地。更不管，新亭墮淚。簇樂紅妝搖畫舫，問中流、擊楫何人是？千古恨，幾時洗？　餘生自負澄清志。更有誰、磻溪未遇，傅岩未起。國事如今誰倚仗？衣帶一江而已！便都道，江神堪恃。借問孤山林處士，但掉頭、笑指梅花蕊。天下事，可知矣。

首句言西湖小，實言南宋苟安在杭州，地小力微。下言渡江以後，並未奮發圖強，卻只知歌舞酣醉。回顧以前的洛陽是繁花似錦的世界，現在卻成長滿小米的荒涼地方了。更不管，新亭墮淚，意思是不管北方淪陷區的人民了。「新亭墮淚」，用了一個典故：新亭指建業（今南京）的勞勞亭，是東晉名士常歡宴的地方。一天歡宴時，一人悲嘆晉王室衰微，座上人皆流了淚。這裏借以比喻南宋小朝廷不關心淪陷區人民。下面緊接着斥責執政者只知划着遊艇，同歌女齊聲歌唱（簇樂）尋樂，還有誰去做收復國土的中流砥柱，洗刷亡國的千古恨呢？下片首句說自己有救國安邦的大志。下面又用了兩個典故：磻（讀pán）溪是姜尚隱居釣魚的地方，在陝西寶雞，周文王重用了他，對周王朝的興起很有作用。傅岩，古地名，在山西平陸縣，這地段的道路常被水沖壞，當時常用奴隸去築牆阻止，傅說是其中的一人。殷的武丁發現了他，起用為相，出現了殷中興的局面。這兩句是說，現在還未發現姜尚和傅說這樣的人，那麼現在國事還靠誰呢？看來只有一衣帶水的長江了！於是人人都說，江神是靠得住的，依靠他就萬事大吉了！下句的林處士指林和靖，隱居在杭州孤山，以「梅妻鶴子」，不幹世事知名，問問他吧，他只掉過頭去，笑指梅花蕊罷了，也就是說，隱士也只知賞梅自善其身罷了。因而詞人發出末句的慨嘆。

周密（一二三二—約一二九八）

濟南人，流寓吳興（今屬浙江）。號草窗，與吳文英並稱「二窗」。南宋淳祐中為義烏令，宋亡不再任官職。他有《草窗詞》等，並曾編選《絕妙好詞》。

一萼紅

登蓬萊閣有感

步深幽，正雲黃天淡，雪意未全休。鑒曲寒沙，茂林煙草，俯仰千古悠悠。歲華晚，飄零漸遠，誰念我，同載五湖舟！磴古松斜，崖陰苔老，一片清愁。　回首天涯歸夢，幾魂飛西浦，淚灑東州。故國山川，故園心眼，還似王粲登樓。最憐他、秦鬟妝鏡，好江山、何事此時遊？為喚狂吟老監，共賦銷憂。

蓬萊閣舊址在今浙江紹興龍山下。

準備登蓬萊閣，先向幽靜的深處走，可見離閣還有相當距離。這時天空是一片黃雲，還有要下雪的樣子。這樣寫天氣，就為全詞定下了淒傷情調。下兩句是登閣看到的景物：鑒湖（即鏡湖）一曲是賀知章歸隱的地方；茂林指蘭亭，王羲之寫的《蘭亭集序》中有「此地有……茂林修竹」句。寒沙、煙草都有景物淒涼的意味。俯仰，意如須臾，即在很短的時間內，悠悠千古即成過去，也就是《蘭亭集序》中「俯仰之間已為陳跡」的意思。下面寫自身經歷：一年快完了，自己漂零在外，離鄉越來越遠，又不能像范蠡一樣功成身退，在五湖（即太湖）蕩舟，不知所終。懷着這樣心情，又看到眼前景色：古老的石階（磴）上松樹歪歪斜斜；山崖陰濕處，苔蘚蒼老；所以就感到「一片清愁」了。下片開首回敍過去：那時離蓬萊閣所在地紹興很遠，飄流在外，卻多次夢魂飛到西浦，並在東州流淚（西浦、東州均在紹興）。「故國山川」三句的意思是：故國山川依舊，我一向把紹興看成自己的故鄉，而這次遊覽時的心情，卻像王粲在《登樓賦》中所寫的一樣。王粲是東漢末年的一位詩人，他避難到荊州，寫了《登樓賦》，其中有句：「雖信美而非吾土兮，曾何足以少留！」意思是：江山誠然很美麗，但已非我所有，就不足短時停留了。秦鬟，指秦望山，其形像婦女的髮鬟；妝鏡，指鑒湖，水面平如婦女梳妝用的鏡子。它們依然是美好的河山，但可惜已為異族（元是蒙古族，與漢族不同）佔領，為甚麼在這時候來遊玩呢！言外有國破家亡的悲憤。狂吟老監，指唐詩人賀知章，因為他曾做過秘書監，自號「四明狂客」，晚年退隱鑒湖水曲，詞人只好幻想喚起賀知章來，同自己一起吟詠消愁了。

在抗日戰爭期間，這首詞同岳飛的《滿江紅》一樣，激起許多人的愛國熱情，並不是偶然的了。

劉辰翁（一二三二——一二九七）

廬陵（今江西吉安）人，太學生，景定三年（一二六二）進士。曾任濂溪書院山長。宋亡不仕。

柳梢青

春感

鐵馬蒙氈，銀花灑淚，春入愁城。笛裏番腔，街頭戲鼓，不是歌聲。那堪獨坐青燈，想故國高台月明。輦下風光，山中歲月，海上心情。

這首詞是元兵攻陷臨安（愁城指淪陷的臨安）的元宵節所寫。這時作者已隱居山中，前三句所寫非目睹，而是想像的情形：首句寫元騎兵戰馬（鐵馬）驕橫，馬身上還蒙着氈防寒；銀花指元宵節的燈和煙火，放出的不是花而是淚。

耳朵聽到的是笛子吹出的番（舊時對西方北方邊境各族的通稱）腔，大鼓發出的番調，均不悅耳——不是歌聲。總之，在淪陷的地方，耳聞目睹的情況都令人悲愁。下片轉寫自己在山中對燈獨坐，回想故國過去情況：故國高台明月，明月照耀下的故都及下有高台的宮殿。最後三句分寫三處：輦下，皇帝輦載下面，意指京師，此寫京師景物，是由懸想臨安（今杭州南宋的都城）元宵而聯想起來的；山中歲月，是聯想到自己避難山中所度過的孤苦歲月；海上心情，聯想到臨安淪陷後，陸秀夫、張世傑等人在沿海地區，擁趙昰（讀shì）為帝，繼續抗元，作者心嚮往之，懷着一線復國希望。亡國之悲，故國之愛，個人的感受，三者就熔於一爐了。

永遇樂

余自乙亥上元誦李易安《永遇樂》，為之涕下。今三年矣，每聞此詞，輒不自堪，遂依其聲，又託之易安自喻，雖辭情不及，而悲苦過之。

璧月初晴，黛雲遠淡，春事誰主？禁苑嬌寒，湖堤倦暖，前度遽如許。香塵暗陌，華燈明晝，長是懶攜手去。誰知道、斷煙禁夜，滿城似愁風雨。　宣和舊日，臨安南渡，芳景猶自如故。緗帙流離，風鬟三五，能賦詞最苦。江南無路，鄜州今夜，此苦又誰知否？空相對，殘釭無寐，滿村社鼓。

乙亥為宋恭帝德祐元年（一二七五），次年恭帝出降，宋亡。詞為宋亡後的一二七八年所寫。首兩句寫初晴，玉似的月圓，淡藍色的雲遠，三句感慨：這樣美好的春景，「誰主浮沉」？因此引起對臨安未陷前春節情景的回憶：以前這時節總是微寒籠罩着玉宮園苑，西湖堤上溫暖使人感到疲倦。晚間燈火輝煌，如同白天，看燈婦女的車子揚起香塵，使道路都看不清了。下面一轉，寫元軍侵佔後，哪知道元軍不僅禁止煙火，夜間也不准通行，鬧得滿城愁風苦雨。下片「宣和舊日」到「能賦詞最苦」，是拿李易安比喻自己。下片前三句，寫舊時宣和年間，金人攻陷汴京，擄走徽欽二帝，宋室南渡遷都臨安（今杭州），自然景物雖未大變，人事卻不一樣了。亡國之災，兩人是相同的。李易安在南逃時，家藏書卷古器全部散失，蓬頭垢面，丈夫又死了，個人生活因家破人亡而悲苦不堪。她是大詞人，在詞中最能抒寫國破家亡、個人生活不幸的災難，所以劉辰翁說他每誦《永遇樂》，總「為之涕下」。兩個詞人的遭遇，在這一點上也是相同的。「江南無路」三句是聯想到杜甫，他在安祿山陷長安時困在那裏，家室卻在鄜州，他寫了《月夜》：「今夜鄜州月，閨中只獨看。遙憐小兒女，未解憶長安。香霧雲鬟濕，清輝玉臂寒。何時倚虛幌，雙照淚痕乾？」劉辰翁在江南大片土地被元軍侵佔後，流浪了三年，無家可歸，因此與杜甫有同樣遭遇，引以自喻，也很自然。可是這種苦處，有誰知道呢？結果只有空對殘燈，睡不着覺了。這時聽到滿村敲鼓的聲音，更增加自己孤獨淒苦之感了。

文天祥（一二三六—一二八三）

吉州廬陵（在今江西吉安）人。理宗寶祐四年（一二五六）狀元。恭帝德祐元年（一二七五），元兵進擾，文天祥在家鄉起兵抗元，次年隨右丞相兼樞密使，赴敵營議和被拘，逃脫了。之後在贛閩等地與元兵戰，兵敗被俘，不屈就義於大都（今北京）。

酹江月

驛中言別友人

水天空闊，恨東風，不借世間英物。蜀鳥吳花殘照裏，忍見荒城頹壁。銅雀春情，金人秋淚，此恨憑誰雪？堂堂劍氣，斗牛空認奇傑。　那信江海餘生，南行萬里，屬扁舟齊發。正為鷗盟留醉眼，細看濤生雲滅。睨柱吞嬴，回旗走懿，千古衝冠髮。伴人無寐，秦淮應是孤月。

這首詞用的典故太多，本來不想選給你們讀，可是典故都是故事性質，你們有些是知道的，就當故事聽聽吧。詞的本身是值得一讀的，因為表現了民族的浩然正氣。

驛，指金陵驛館，文被囚之地。友人指鄧剡，當時因病滯留金陵。話別大概是鄧去看望文。

首三句用的是三國赤壁之戰的故事。魏的曹操同聯盟的吳孫權、蜀劉備交戰，有東風之便，吳蜀火燒了曹軍的兵船而大勝，定下了三國鼎立的局面。而這次宋元也在長江水天空闊處打仗，可惜無東風幫助宋方英雄豪傑，因而宋敗了。蜀鳥是杜鵑，傳説是蜀國的皇帝所化，故稱蜀鳥；金陵是吳的舊都，故稱那裏的花為吳花；杜鵑聲悲，花在夕陽殘照中也顯得黯然失色，由它們做背景，使人不忍看被元兵破壞後金陵的荒城頹壁。銅雀春情，又回到赤壁之戰了。杜牧有兩句寫赤壁之戰的詩：「東風不與周郎便，銅雀春深鎖二喬。」——這就是説，如東風不幫周瑜的忙，曹操會把周瑜的妻子小喬、孫策的妻子大喬擄去，鎖在自己為着享樂而建的銅雀台裏了。這是悲嘆元將宋的嬪妃擄走。金人秋淚説的是另一段故事。漢武帝鑄一個金銅仙人，掌上捧個盤子接露水，據説喝了可以長生，魏篡奪政權後，魏明帝去劫運金銅仙人，折盤以後，要載運仙人時，仙人流了淚。這個故事比喻南宋文物被元劫走。嬪妃被擄，文物被劫，誰去雪這個恥呢？自己有抗元復仇之志，不言自明。下面兩句又涉及一段故事。《晉書‧張華傳》裏記：「斗牛之間常有紫氣。張華邀雷煥仰視。煥曰：寶劍之精，上徹於天耳。」斗牛，指北斗七星和牽牛織女二星，它們中間有一股紫氣。張華邀雷煥仰面觀看。煥說：這股紫氣是寶劍的精，向上射到天上了。後來在豐城一帶果然發現了一對寶劍。文天祥是廬陵人，自以為可以沾到寶劍之精的光，成為傑出抗元英雄，但卻落了個空。這是謙虛自責，沒有完成抗元救國的大業。下片寫第一次被俘逃出後，幸保餘生，到萬里之外的閩粵地帶，還能率兵抗元；二次被俘，押在金陵，不相信再有逃出抗元的可能，只有準備一死了。這就為好友（鷗盟，黃庭堅《登快閣》詩中有一句：「此心我與白鷗盟」，與鷗結盟，就有與人結為好友的意思了。）留下了遺言：細心觀察時事的變化（濤生雲滅）。睨柱吞嬴，用的是藺相如完璧歸趙的故事：秦王說願意以七城換趙王的和氏璧，藺相如送璧去時，發現秦王無信，怒欲與壁共存亡，做出要以璧擊柱的架勢，後設計懷璧歸趙，挫敗了秦王（吞嬴，嬴是秦王的姓）。回旗走懿，指諸葛亮死時留下遺言，教姜維設計把來追的司馬懿嚇退。下句言自己抗元之志至死不變，死後還寄希望於後生。末兩句寫與友人別後，自己當更感孤寂，不能成眠，做伴的只有秦淮河上的孤月了。

蔣捷（生卒年代不詳）

陽羨（今屬江蘇宜興）人。咸淳十年（一二七四）進士。宋亡不仕，隱居竹山，有《竹山詞》一卷，人稱竹山先生。

霜天曉角

人影窗紗，是誰來折花？折則從他折去，知折去，向誰家？　簷牙枝最佳，折時高折些。說與折花人道：「須插向，鬢邊斜。」

首二句寫見到紗窗上有人影，自問是甚麼人來折花呀。下言隨他折吧，但不知道折了送到誰家。下片進一步為折花人設想，願他折屋簷瓦下最佳的花枝。（屬檐下滴水的瓦像牙，因稱檐牙）下句更向折花人表示體貼，告訴他，花枝要斜插在女子的鬢旁。全詞寫得極有風趣。

一翦梅

舟過吳江

一片春愁待酒澆。江上舟搖，樓上簾招。秋娘渡與泰娘橋。風又飄飄，雨又蕭蕭。　何日歸家洗客袍？銀字笙調，心字香燒。流光容易把人拋。紅了櫻桃，綠了芭蕉。

吳江是長江下游流過江蘇的一段。春天以酒消愁，在江上坐船，看見江岸酒家的酒幌招展。秋娘渡和泰娘橋是船所經過的地方。這時正颳着風，下着雨。下片寫鄉愁，甚麼時候才能回到家裏，洗洗在外面漂流穿的衣服呢？下面兩句想像能在家裏調銀字笙（樂器名），燒心字香（一種用薄沉香木片裹起半開茉莉繞成心字的香）。末三句嘆時光消逝得太快。櫻桃剛紅，芭蕉又綠了，形象地寫時光飛逝。

如夢令

村景

夜月溪篁鸞影，曉露岩花鶴頂。半世踏紅塵，到底輸他村景。村景，村景，樵斧、耕蓑、漁艇。

前三句寫鄉村景物：夜月、曉露；溪邊的竹，岩上的花；鸞影和鶴頂。它們組成美麗的畫圖，引人入勝。下兩句說在人間世上生活了半生，覺得塵世不如鄉村好。末句寫鄉村常見的事物，也就是寫鄉村勞動生活健康而富有生趣了。

張炎（一二四八—？）

原為成紀（今甘肅天水）人，後住在臨安。宋亡，過流落生活，曾在四明（今寧波）設卜市。對詞學有研究。著有《詞源》《山中白雲詞》（又名《玉田詞》）。

高陽台

西湖春感

接葉巢鶯，平波卷絮，斷橋斜日歸船。能幾番遊？看花又是明年。東風且伴薔薇住，到薔薇、春已堪憐。更淒然，萬綠西泠，一抹荒煙。

當年燕子知何處？但苔深韋曲，草暗斜川。見說新愁，如今也到鷗邊。無心再續笙歌夢，掩重門、淺醉閒眠。莫開簾，怕見飛花，怕聽啼鵑。

這首詞是作者北遊燕薊，南歸遊西湖之後所寫。詞寫曉春景象，借景抒寫亡國悲痛，因為這時宋已亡於元了。首句寫樹葉繁茂，葉葉相接，把鶯巢都遮掩住了。二句寫西湖波靜水平，把落下的柳絮捲走了。斷橋是靠近孤山的西湖的一個景點，這裏有落日照着回家的船。寫景極佳。下面寫春暮：明年再看花，自然百花已經凋謝了。東風雖還陪着薔薇，但薔薇開花已在春末夏初，春已經很可憐了。更淒然的是：原來萬花似錦，綠葉招展的西泠（讀líng）橋，現在只有一片荒煙了。這自然是對元兵踐踏之後，西湖到處荒涼的概括。下片首句是用劉禹錫兩句詩的意思：「舊時王謝堂前燕，飛入尋常百姓家」，嘆舊時貴族人家的衰落。韋曲，在唐朝是韋后家所在地，在長安城南明德門外。杜甫《奉陪鄭駙馬韋曲二首》有兩句：「韋曲花無賴，家家惱殺人」，説明那裏花很多。斜川在江西星子縣，是文人遊會處，陶淵明曾有《遊斜川》詩。這裏用典是指西湖，並不實指那兩個地方。但聯想起一處青苔已深，一處枯草很厚，都荒涼之至了。是進一步寫西湖被元兵糟蹋的慘狀。見説，聽別人説，原來無憂無慮的海鷗，現在也發起愁來了，是亡國之悲更進一步深化。因此説自己無心以笙歌取樂，只有閉起重門，微醉閒眠以自遣了。末三句更進一步，不打開簾子，因為既怕看到飛花，也怕聽到杜鵑鳴叫。

四字令

鶯吟翠屏，簾吹絮雲。東風也怕花瞋，帶飛花趕春。　鄰娃笑迎，嬉遊趁晴。明朝何處相尋？那人家柳陰。

首兩句寫室內室外：室內有畫屏，室外有鶯鳴；門上有簾，如雲的柳絮飛撲到簾上。東風怕花生氣，吹着花去追趕春天，大概是想把春挽留住，自有惜春之意。下片寫鄰娃見此情景，趁着天晴春在，好好玩一下。明天到甚麼地方尋找飛花呢？怕已經被吹到別人家楊柳樹蔭下了。有珍惜現時，享樂人生的意思。

無名氏

訴衷情

碧天明月晃金波，清淺滯星河。深深院宇人靜，獨自問姮娥。　圓夜少，缺時多，事因何，嫦娥莫是、也有別離，一似人麼？

首句寫明月閃耀着金色光輝，二句寫天河的水顯得清淺。深宅夜闌人靜，自己向月裏嫦娥提出問題。下片即是所提的問題：為甚麼月圓時少，月缺時多？難道嫦娥也像人一樣，有別離之恨嗎？詞委婉地表達了自己的離愁別恨。

無名氏

御街行

霜風漸緊寒侵被，聽孤雁，聲嘹唳。一聲聲送一聲悲，雲淡碧天如水。披衣告語：雁兒略住，聽我些兒事。　塔兒南畔城兒裏，第三個橋兒外，瀕河西岸小紅樓，門外梧桐雕砌。請教且與、低聲飛過，那裏有、人人無寐。

這首詞是客居遠方、懷念家人的人所寫，以詳細口語託雁捎話，構思很新奇，感情亦很真摯樸實。嘹唳，雁鳴聲，清而響亮，因是孤雁，所以聲悲。這時天清雲淡，所以披衣起來，請雁略停，聽他要囑託的事。下片細寫所懷念的人住處及環境，雕砌是刻花的台階。末兩句的大意是：我所懷念的人還未入睡，請你低聲飛過，姑且對她如此這般說幾句吧。

無名氏

青玉案

年年社日停針線，怎忍見，雙飛燕！今日江城春已半，一身猶在，亂山深處，寂寞溪橋畔。

春衫著破誰針線？點點行行淚痕滿。落日解鞍芳草岸。花無人戴，酒無人勸，醉也無人管。

社日，有春社、秋社，是祭土地神的日子，民間習俗，這一天停止編織、針線活。有人評這首詞「語淡而情濃，事淺而言深」。

結束語

正輝、正虹、正霞：

你們在中學讀過幾首詞，對詞不是完全陌生的，這裏，我再簡略給你們講點有關的常識。

詞的起源可以追溯到隋代，首先是以民歌形式出現的，如《柳枝》；也往往與勞動有聯繫，如《水調》，就是開鑿運河的產物。到了唐代，歌詞雖然仍為五言七言，同絕句沒有甚麼不同，但為了歌唱，要加上「泛聲」「襯字」，有聲而無意義。例如皇甫松的《採蓮子》：

菡萏香連十頃陂。（舉棹）
小姑貪戲採蓮遲。（年少）
晚來弄水船頭濕。（舉棹）
更脱紅裙裹鴨兒。（年少）

「舉棹」和「年少」就是「泛聲」，為歌唱而加上的，並無文意。另一種辦法，就是兼顧到文意，適當增字或減字。

但是這兩種辦法，都不能滿足以歌唱為主的需要，詩體必須變革。這種創新的任務，也是由許多無名作者完成的。一九零零年，在敦煌發現了一千一百六十多首曲子詞，只有幾首有溫庭筠、歐陽炯的名字。曲子詞就是有歌唱曲調的歌詞，是這種詩體的原名，以後只簡稱為詞了。詞因為句子字數多少不同，又被稱為長短句。還有其他名稱，就不必多說了。

《詩經》裏的詩和以後的樂府詩，也是可以歌唱的。在《唐人絕句啓蒙》中，我為你們講了一個故事：王昌齡、高適和王之渙三位詩人聽四個歌伎唱入樂的絕句，三人相約，誰的絕句被唱最多，誰是勝利者。唱的第一首是王昌齡的，第二首是高適的，第三首又是王昌齡的。王之渙有點着急了，便請一位最美的歌伎唱，她唱的卻是王之渙的《涼州詞》（「黃河遠上白雲間，一片孤城萬仞山。羌笛何須怨楊柳，春風不度玉門關。」），三人鼓掌大笑。歌伎得知他們是絕句的作者，就邀請他們參加了她們的宴會。可見絕句也是可以歌唱的，可惜我們現在不知道怎樣唱了。

但是詩是照詩譜曲，詞卻是按照已有的曲調填寫文字，所以稱為填詞。不過，後來的文人也沒有完全照曲調填寫。

詞的曲調是很多的，都有固定的格式，我們只選講幾種作為例子。初期的字數少，稱為小令；以後字數增多，稱為慢詞。雖然後者在唐五代時已經出現，但初期宋詞人採用者少，到柳永才使慢詞得到發展。宋代詞人也有所謂「自度曲」，就是自己創製新調，但只係個別人，就不舉例了。

以下三種曲調是小令。下面是晏殊寫的《浣溪沙》：

> 一曲新詞酒一杯，去年天氣舊亭台，夕陽西下幾時回？　無可奈何花落去，似曾相識燕歸來，小園香徑獨徘徊。

這首詞的句式是：

◒●◒○◒●○韻◒○◒●●○○韻◒○◒●●○○韻　◒●◒○○●●句

◒○◒●●○○韻◒○◒●●○○韻

（◒表示平、仄均可；●表示仄；○表示平。）

下面是歐陽修的《浪淘沙令》：

把酒祝東風，且共從容。垂楊紫陌洛城東，總是當時攜手處，遊遍芳叢。 聚散苦匆匆，此恨無窮。今年花勝去年紅。可惜明年花更好，知與誰同？

這首詞的句式是：

◒●●○○韻◒●○○韻◒○◒●●○○韻◒●◒○○●●句◒●○○韻 ◒●●○○韻◒●○○韻◒○◒●●○○韻◒●◒○○●●句◒●○○韻

我們下面舉柳永的《雨霖鈴》，作慢詞一例：

寒蟬淒切，對長亭晚，驟雨初歇。都門帳飲無緒，方留戀處，蘭舟催發。執手相看淚眼，竟無語凝噎。念去去、千里煙波，暮靄沉沉楚天闊。 多情自古傷離別，更那堪，冷落清秋節！今宵酒醒何處？楊柳岸，曉風殘月。此去經年，應是良辰、好景虛設。便縱有，千種風情，更與何人說？

這首詞的句式是：

○○◒●韻●○○●句●●○●韻○○◒◒◒●句○○●●句○○○●韻

●●○○◒●句●○◒○●韻●●◒逗○●○○句●●○○●○●韻◒

○●●○○●韻●○○逗●●○○●韻◒○●◒◒●句◒●●逗●○○●韻

●●○○句○●○○句●◒○●韻●●●逗◒●○○句●●○○●韻

下面是柳永的《浪淘沙慢》：

夢覺、透窗風一線，寒燈吹熄。那堪酒醒，又聞空階、夜雨頻滴。嗟因循，久作天涯客。負佳人、幾許盟言，更忍把、從前歡會，陡頓翻成憂戚。　惡極，再三追思，洞房深處，幾度飲散歌闌，香暖鴛鴦被，豈暫時疏散，費伊心力。殢雨尤雲，有萬般千種相憐惜。到如今，天長漏永，無端自家疏隔。知何時，卻擁秦雲態？願低幃昵枕，輕輕細說與，江鄉夜夜，數寒更思憶。

這首詞的句式是：

●●逗●○○●●句○○○●韻○○○●句●○○○句●●○●韻

○○○●●○○●韻●○○逗●●○○句●●●逗○○○○●句●●○○○●韻　○●

韻●○○○句●○○●句●●●○○句○●○○●句●●○○●句●○○●韻

●●○○句●●○○●○○●韻●○○逗○○●●句○○●○○●韻○○○逗

●●○○●句●○○●●句○○●●●句○○●●句●○○○●韻

詞的小令（如浪淘沙）後加一「慢」字，即變為慢調了。這種形式可以類推。

我們平常時時看到「宋詞」二字，其實唐五代已是蓓蕾初放時期。例如張志和（約七三二—七七四）的《漁歌子》（「西塞山前白鷺飛，桃花流水鱖魚肥。青箬笠，綠簑衣，斜風細雨不須歸。」）就是按曲調填的詞，不僅在當時和的人很多，並很快流傳到日本，一位天皇還和了五首。

之後劉禹錫、白居易都從民歌學習，劉寫了一組《竹枝詞》，白寫過《憶江南》，劉唱和一首，明言依《憶江南》曲拍為句，這就使詞從民間正式登上文壇了。簡單地說，詞在唐代已經逐漸取得了相當的地位，產生了不少有名的作者，我為你們選講了一些篇。五代南唐後主李煜，雖是亡國之君，卻是詞林的著名大家。

宋詞一般分為「北宋」和「南宋」兩個時期，是以宋王朝政治變化劃分的。以詞人的流派和風格細分為更多時代，自然也可以，不過我們只劃為兩個時代，略加說明。

九六零年宋朝開國，一一二七年，發生了靖康事變，也就是女真族金人攻破了汴京，把徽、欽二帝擄走，史稱北宋。一一二七年，趙構同金人對峙，公元一二七九年為蒙古族的元所滅，史稱南宋。

北宋到仁宗朝（一零二二——一零六三），經濟繁榮，國泰民康，詞才蓬勃發展起來，出了晏殊父子、歐陽修、柳永、蘇軾等大作家。

靖康事變使北宋滅亡，詞壇也因而大大改觀，內容和風格都起了很大的變化。出現了李清照、辛棄疾、陸游等大作家。

可是北宋末年曾出現過醉生夢死的頹廢作品；南宋末年也有粉飾太平，流連歌舞的「百年歌舞，百年酣醉」的詞風。但這些畢竟只是大浪中的漣漪，無阻於江河的奔流。

詞是有生命力的詩體之一，直到現在還有不少人寫作。毛澤東主席的詞，不是還為廣大的中國人民所樂讀傳誦嗎？這是我國優秀文化傳統的組成部份，所以我們選講一些詞，希望你們能吸收精華，提高自己的精神境界。但切忌發生骸骨留戀的念頭。要不然，你們就走上倒退的道路了。

最後讓我引岳飛詞中的警句，作為對你們的贈言：

莫等閒白了少年頭，空悲切！

一九九一年六月二十八日

天地博雅文叢

經典常談　朱自清 著
新編《千家詩》　田奕 編
邊城　沈從文 著
孔子的故事　李長之 著
啓功談金石書畫　啓功 著　趙仁珪 編
沈尹默談書法　沈尹默 著
詞學十講　龍榆生 著
詩詞格律概要　王力 著
唐宋詞欣賞　夏承燾 著
古代漢語常識　王力 著
梁思成建築隨筆　梁思成 著　林洙 編
簡易哲學綱要　蔡元培 著
唐宋詞啟蒙　李霽野 著
唐人絕句啟蒙　李霽野 著
唐詩縱橫談　周勛初 著
佛教基本知識　周叔迦 著
佛教常識答問　趙樸初 著
漢化佛教與佛寺　白化文 著
沈從文散文選　沈從文 著

www.cosmosbooks.com.hk

天地

書　　名　唐宋詞啟蒙

作　　者　李霽野

編輯委員會　梅　子　曾協泰　孫立川
陳儉雯　林苑鶯

責任編輯　甘玉貞

美術編輯　郭志民

出　　版　天地圖書有限公司
香港皇后大道東109-115號
智群商業中心15字樓（總寫字樓）
電話：2528 3671　傳真：2865 2609
香港灣仔莊士敦道30號地庫／1樓（門市部）
電話：2865 0708　傳真：2861 1541

印　　刷　美雅印刷製本有限公司
香港九龍官塘榮業街6號海濱工業大廈4字樓A室
電話：2342 0109　傳真：2790 3614

發　　行　香港聯合書刊物流有限公司
香港新界大埔汀麗路36號中華商務印刷大廈3字樓
電話：2150 2100　傳真：2407 3062

出版日期　2019年11月／初版

ISBN ： 978-988-8547-72-2